Red Hot

The colour of Ruby

ANNA FAYE

ISBN: 1505587573
ISBN-13: 978-1505587579

Facebook:
https://www.facebook.com/AnnaFaye.Autorin

Herausgegeben von
Alexander Pohl
IDEEKARREE Leipzig
Alfred-Kästner-Str. 76
04275 Leipzig
www.ideekarree.de

1

Mein Name war Ruby Turner und ich arbeitete als Animationstänzerin im *Sinful Pleasures*. Das hatte weniger mit den Animateuren in Ferienhotels zu tun, als mit nackten Körpern, die sich vor verspiegelten Scheiben räkelten. Es war ein kleiner, schäbiger Klub für Männer in einem entlegenen Stadtteil von London.

Ich saß gerade im Pausenraum und hatte mir einen Morgenmantel über meine rote Spitzenunterwäsche geworfen. Hier trug ich immer Rot. Es war mein Markenzeichen – so wie meine roten Haare.

„Red, Kabine Nummer fünf", hörte ich Marvin sagen.

Red war mein *Künstlername*, wobei das, was ich tat, wenig mit Kunst zu tun hatte. Ich gab ja zu, dass es mit meiner Kreativität nicht besser bestellt war, als bei meinen Eltern. Sie hatten mich wegen meiner roten Haare, mit denen ich auf die Welt gekommen war, Ruby genannt. Von Ruby zu Red war es ein kleiner Schritt. Trotzdem fühlte es sich wie ein völlig anderer Name an.

Ich verdrehte die Augen und hüpfte vom Tresen, wo

ich eben noch mit Loretta, die natürlich auch nicht wirklich Loretta hieß, gesessen und Kaffee mit Süßstoff geschlürft hatte. Das half, um nachts wach zu bleiben und um wenig Kalorien zu mir zu nehmen, weil ich als schlanke Tänzerin öfter gebucht wurde.

Normale Frauen hatten die meisten Männer schon bei sich zu Hause. Was sie hier sehen wollten, waren Damen wie aus Hochglanzmagazinen, die ihre geheimen Sehnsüchte erfüllten. Für dreißig Pfund bekamen sie in den *Rubbelkabinen* ein breites Sortiment an Pornos geboten, bei denen sie sich einen runterholen konnten, ohne dass zu Hause verräterische Filme herumlagen. Außerdem schien ein gewisser Reiz darin zu liegen, extra *dafür* hierherzukommen. Für hundert Pfund gab es eine exklusive Vorstellung von Loretta, mir oder einem der anderen Mädchen.

Von dem Geld bekam ich fünfzig Pfund ab. Das war kein schlechter Verdienst, aber an manchen Abenden herrschte Flaute, denn die schlechte Wirtschaftslage machte auch vor der Erotikbranche nicht Halt. Deshalb lagen schon wieder unbezahlte Rechnungen bei mir herum.

Eigentlich sollte ich mich freuen, dass ich nun gebucht worden war, aber irgendwie war ich heute nicht in Stimmung. Ich hatte mich am Kaffee verbrüht und schlecht geschlafen. Außerdem gab es diese Phasen, in denen mich das alles anwiderte. Ich musste also aufpassen, dass ich nun trotzdem lächelte und nicht gelangweilt meine Show abzog.

Ich ließ meinen Morgenmantel im Flur hängen und ging in einen kleinen Raum voller Spiegel, damit der Kunde mich aus allen Winkeln betrachten konnte. Auch seine Glasscheibe war auf meiner Seite verspiegelt. Er konnte also mich beobachten, aber ich ihn nicht.

„Was darf's denn sein?", fragte ich, als ich die Tür der Kabine hinter mir schloss.

Dabei glaubte ich, die Antwort bereits zu kennen. Es war Donnerstag zehn Uhr. Um die Zeit buchte mich fast immer derselbe Kerl. Er wollte, dass ich mich vor seinen Augen in einem bestimmten Rhythmus räkelte und kurz bevor er kam, sollte ich dann vor der Scheibe auf die Knie gehen. Ich wusste, was er auf der anderen Seite machte: Er spritzte ab und stellte sich vor, dass alles in meinem Gesicht landete. Ich war froh, dass ich die Scheiben oder überhaupt die Kabinen der Männer nicht putzen brauchte.

Ich schob das Körbchen meines Büstenhalters zurecht und wartete auf seine Antwort. Er konnte mir durch einen kleinen Lautsprecher Anweisungen geben. Inzwischen hatte ich mich daran gewöhnt. Ich stand nur nicht so sehr darauf, wenn sie den Ton anließen, während sie herum keuchten.

„Komm näher", forderte er mich auf.

Das war nicht mein üblicher Donnerstagstermin. Diese Stimme jagte mir ein Schaudern über den Rücken. Vermutlich ärgerte sich mein regulärer Kunde gerade, dass ich beschäftigt war.

Ich trat dichter an die Scheibe.

„Näher", wiederholte er. Seine Stimme war tief und duldete keinen Widerspruch.

Im Grunde war kein Platz, um noch weiter heranzukommen.

„Noch näher."

Er wollte also, dass ich mich gegen die Scheibe

drückte.

Im ersten Moment fühlte sich das Glas kalt an, aber ich konnte damit leben. „Gefällt dir das?“, hauchte ich.

Männer standen auf diese gespielte Fürsorge. Sie konnten so lausig sein, wie sie wollten, doch sie mochten hören, dass sie einem den Himmel geschenkt hatten und dass man ihnen jeden Traum erfüllen wollte.

Allerdings ging er auf meine Frage gar nicht ein.

„Zieh den BH aus.“

Der Kerl schaltete die Musik ein. Auf seiner Seite befand sich eine Art Jukebox, mit der er seinen Lieblingssong für meine Nummer aussuchen konnte. Er hatte einen fast melodielosen Song ausgewählt, der nur aus rhythmischen Takten zu bestehen schien. Oft hörte ich den nicht.

Eher mechanisch wiegte ich mich zum Bass und öffnete den Frontverschluss meines BHs. Dabei rieb ich meinen Körper an der Scheibe entlang.

„Du bist Red, ja?“, horchte er mich aus.

Er klang kühl und kontrolliert. Hoffentlich brauchte er nicht so lange. Ich wollte zurück zu meinem Kaffee.

„Ja“, stöhnte ich und ließ meinen Kopf im Nacken kreisen. Dabei spürte ich, wie meine Haare über den Rücken strichen.

„Ich will, dass du deine Nippel reibst.“

„Soll ich den BH für dich ganz ausziehen oder willst du, dass ich ihn auf meinen Schultern lasse?“

„Lass ihn an, Red. Ich mag es, wenn du aussiehst, als könntest du es nicht abwarten.“

Das war nicht allzu schwer. Ich konnte meinen Pausenraum wirklich kaum erwarten.

„Ja.“ Ich ließ meine Stimme klingen, als würde er

mich wie kein anderer verführen. Ich leckte mit der Zunge über meine Lippen, hielt meine Brüste in beiden Händen fest und streichelte über ihre Spitzen.

„Drück sie an die Scheibe“, verlangte er.

Ich tat, was er sagte, weil ich hoffte, dass er dadurch schneller zum Abschluss kam.

„Und jetzt zieh schön langsam deinen Slip aus.“

Mit gespielt bebendem Atem legte ich meine Stirn an die Scheibe und streifte mit lasziven Bewegungen, die dem Takt der Musik folgten, die Spitze von meinen Hüften bis ich vollkommen nackt war.

Jetzt hörte ich ihn keuchen. „Ich finde, du solltest nicht Red heißen.“

„Nenn mich, wie du willst“, lud ich ihn ein und winkelte für ihn ein Bein an, damit er mich besser anschauen konnte.

„Willst du fünfhundert verdienen?“, fragte er.

Ich öffnete meine Lider und versuchte, durch das verspiegelte Glas zu schauen. Natürlich war das zwecklos. Doch es hatte noch nie ein Kerl das Fünffache zahlen wollen. Hundert Pfund für nichts als Gucken fand ich bereits happig. Aber fünfhundert Mäuse, die direkt an mich gehen sollten, ohne dass das *Sinful Pleasures* mitverdiente? Die Verlockung war groß, besonders weil mich die Mahnungen der letzten Zeit ankeksten. Ich hatte nicht einmal mehr ein Guthaben auf dem Handy.

„Was soll ich denn dafür tun?“ Unsicher benetzte ich meine Lippen.

Er schaltete die Musik ab. „Triff mich am Seiteneingang, Ruby.“

Die Erwähnung meines echten Namens aus seinem Mund traf mich wie ein Schlag in die Magengrube.

Ich donnerte meine Hand gegen die Scheibe. „Wie hast du mich genannt?"

Aber er war weg und hatte mich in der jähen Stille der Spiegelkammer völlig entblößt zurückgelassen.

„Scheiße, Scheiße, Scheiße", fluchte ich und sammelte meine Sachen vom Boden.

Ich riss die Tür auf und schlüpfte in den Bademantel.

„Alles okay bei dir, Red?", erkundigte sich Loretta, die gerade auf dem Weg zu einer anderen Kabine war.

„Nein, ich muss weg."

„Dann sag es Marvin. Ich bin nicht deine Sekretärin." Sie warf ihr Haar über ihr knappes Leopardenkleid zurück. Loretta trug immer diese Fummel im Animalprint. Das war ihr Markenzeichen. So wie rote Haare und rote Wäsche meines waren.

Ich rannte zu meinem Spind und zog mich im Nullkommanichts an. Das *Sinful Pleasures* hatte ich absichtlich ausgewählt, weil es am anderen Ende der Stadt lag, von dem ich gehofft hatte, dass es mich weit genug von meinem Bekanntenkreis fernhielt. In den vergangenen drei Monaten, seit ich hier arbeitete, war es mir zum Glück auch noch nie passiert, dass jemand meinen echten Namen gekannt hatte.

Ich hatte keine Ahnung, wer mich nun gefunden hatte, aber ich wollte es herausfinden, weil mich beunruhigte, wie die Sache sonst ausgehen könnte.

Eilig rannte ich zu Marvin und gab ihm Bescheid, dass ich weg musste, weil mir schlecht wäre.

„Red, du bist noch drei Stunden dran", nörgelte er.

„Soll ich mich in der Kabine übergeben?"

Er stöhnte genervt. „Dann hau ab und mach das zu Hause. Aber morgen stehst du pünktlich auf der Matte und bist wieder fit."

„Okay."

„Du bist eh schon so dürr", fand er. „Ich hoffe, du hast keine Bulimie, die du nicht mehr kontrollieren kannst."

„Danke für dein Mitgefühl, Doktor Marvin. Aber ich lasse meinen Kaffee immer drin und für Essen zum Ausspucken fehlt mir gerade die Kohle."

„Ihr Weiber habt nen Knall. Findet Magersucht kostengünstiger als Bulimie."

„Ich bin nicht magersüchtig. Bis morgen, Marv."

Ich ließ ihn stehen, riss mir den Riemen meiner Handtasche über die Schulter und lief zur Tür des Seiteneingangs. Er lag in einer schmalen Straße gegenüber von einem riesigen Müllcontainer, der immer stank. Hierher verirrten sich die Kunden nie, weil der Zutritt von dieser Seite nur für das Personal war.

Trotzdem stand draußen ein Mann, der nicht zu unserer Truppe gehörte, und wartete ganz offensichtlich, weil er sonst nichts tat. Er hatte mir den Rücken zugekehrt und trug eine schicke Lederjacke in der Kälte dieses Februartages. Sein Haar war blond, gut geschnitten und wogte im frischen Wind, der durch die Gasse pfiff. Das fahle Licht der Laterne verlieh ihm ein verstohlenes Aussehen in dieser düsteren Nacht.

Da sich hier sonst niemand befand, ging ich davon aus, dass es mein Kunde aus der Kabine war. Wenigstens war er nicht klein, untersetzt und in ranzigen Klamotten unterwegs. Ganz im Gegenteil: Er war groß, sportlich gebaut und viel zu gut angezogen für diese Gegend.

Mit einem lauten Knall ließ ich die Tür hinter mir ins Schloss fallen und sein Kopf ruckte zur Seite. Ich sah ihn nun im Profil, während sich sein Blick aus dem

Augenwinkel auf mich richtete. Aber das Profil genügte, um ihn zu erkennen.

Verdammt!

„Ruby", grüßte er mich und nickte knapp. Er wendete sich mir ganz zu.

Ich schluckte. Meine Beine fühlten sich völlig knochenlos an und ich ging ungelenk auf ihn zu. „Wieso hast du mich gebucht, Tyler?"

Eigentlich hätte ich mir denken können, dass ich dem ehemaligen Freund meines Bruders David bloß in so einem Schuppen wiederbegegnen würde. Ich hatte ihn vier Jahre lang nicht gesehen und er sah noch immer unverschämt gut aus.

Er zuckte die Schultern. „Wollte sehen, ob du es wirklich bist, als ich die Fotoauswahl der Tänzerinnen bestaunte."

Ich schlug ihm gegen die Schulter. „Und zufrieden?"

Er hob abwehrend die Hände und beugte sich langsam zu mir herunter. „Kein Grund für Prügel. Ich habe dir nichts getan, Süße."

„Nenn mich nicht Süße!" Ich ballte die Hände zu Fäusten und funkelte ihn an.

Er grinste jovial. „Ich fand deinen Anblick allerdings ziemlich süß. Besonders als du dein Bein für mich angewinkelt hast, damit ich deine Pussy besser bewundern kann."

Hitze und Wut brandeten durch meinen Körper. Ich holte mit meiner bereits geballten Faust aus und hoffte, dass ich ihm wehtat. Doch bevor ich ihn am Oberkörper treffen konnte, blockte er meinen Schlag und hielt meine Hand fest. Ich hatte keine Ahnung von Kampfsport, was ich gerade sehr bedauerte. Dafür war Tyler umso besser trainiert.

„Vorsicht, du hättest dir fast die Hand angeschlagen“, raunte er.

„Du warst schon immer so ein Sportfreak. Es musste ja sein, dass du auch Selbstverteidigung kannst.“

„Das hilft mir gerade sehr.“ Er nickte und zog mich an meiner Hand zu sich heran.

Ich wollte mich von ihm wegdrücken, doch sein zweiter Arm landete in meinem Rücken.

„Findest du es witzig, mich wegen der fünfhundert Pfund zu verarschen?“, fuhr ich ihn an, während ich mich nach Kräften gegen seinen Körper stemmte. Der Kerl war gebaut wie *Wolverine* aus diesen Mutantenfilmen und ich kam einfach nicht von ihm frei.

„Ich habe dich nicht verarscht, Ruby. Mein Angebot steht.“ Er berührte mein Ohr mit seinem Mund. „Ich biete dir fünfhundert in bar an.“

Meine Bewegungen erlahmten. „Scheiße“, flüsterte ich.

„Wäre es dir lieber, jemand anders schlägt dir so was vor? Mich kennst du wenigstens.“

„Was willst du dafür, Tyler?“

Falls er mich veräppelte, würde ich lernen, wie man ihn verprügeln konnte. Dass dieser überhebliche Kerl nun finanziell soviel besser dastand als ich, kratzte an meinem Ego. Ich gönnte es ihm einfach nicht. Seit damals hatte er sich ganz schön gemacht. Wie es schien, hatte die Zeit nicht gegen jeden von uns gearbeitet.

Er roch an meinem Haar und legte seine Wange an meine. „Ich will dich schmecken“, flüsterte er.

Ich lehnte meinen Kopf nach hinten, um ihn ansehen zu können. „Was zum Henker meinst du damit? Willst du einen Kuss?“

Tyler lachte leise. „Ja, Ruby. Ich will dich küssen. Aber nicht auf den Mund.“

Als mir klar wurde, was er meinte, stemmte ich erneut meine Hand gegen seine Brust. Meine andere hielt er noch fest, und ich versuchte, sie ihm zu entziehen.

„Ich wusste, du verarschst mich“, zischte ich.

Er wirkte erstaunt. „Wie kommst du darauf?“

„Kein Typ zahlt Kohle fürs Lecken. Fürs Vögeln, ja. Für einen Blowjob. Ganz klar. Aber dafür, es einer Frau zu besorgen?“ Ich zeigte ihm einen Vogel. „Das glaube ich dir in hundert Jahren nicht. Schon gar nicht seit unserem Streit. Ich wette, du findest mich so blöd, wie ich dich.“

Er runzelte die Stirn. „Du findest mich blöd?“

Der Kerl hatte doch irgendwas genommen. „Lass mich endlich los, Tyler. Du verschwendest meine Zeit. Es gibt Leute, die müssen für ihr Geld arbeiten.“

Sein Blick wurde schmal. „Ich arbeite täglich zwölf Stunden. Erzähl mir nichts von Arbeit.“

„Bist du noch in der Bank oder machst du jetzt krumme Geschäfte?“ Als ich ihn das letzte Mal gesehen hatte, war er Investmentbanker. Mit der Hand fuhr ich den Aufschlag seiner Lederjacke entlang und schnippte ihn an seinen Hals. „Irgendwo muss die Kohle ja herkommen, wenn du so reich bist, dass du sogar fürs Lecken zahlst.“

Er schüttelte den Kopf. „Ich erinnere mich wieder, weshalb wir damals so gut streiten konnten.“

„Also, bist du jetzt kriminell oder nicht?“

„Ruby, ich arbeite in einer Bank. Mit mir ist alles in Ordnung.“

Ich schnaubte. „Wenn du meinst.“

„Weißt du, was mich wirklich erstaunt?“ Er beantwortete seine Frage gleich selbst: „Deine herablassende Art.“ Tyler wirkte ziemlich angekratzt. Dabei konnte einem Kerl, der alles hatte, meine Meinung doch egal sein. „Ja, ich bin bei einer Bank gelandet. Wieso ist das schlechter, als eine erotische Tänzerin zu sein?“

Wenigstens hatte er mich nicht Stripperin genannt, denn in einem gewissen Maß fand ich das, was ich tat, zumindest eine Spur besser. Ich gab mich mit niemandem direkt ab und die Scheibe verhinderte, dass ich die Hände und Blicke von Männern an mich heranlassen musste.

„Ich traue dir einfach nicht, Tyler. Dein Angebot ist garantiert faul.“

„Das Einzige, was dich stört, ist, dass ich mehr Geld habe als du.“

Selbst wenn.

„Ihr Bankleute denkt doch, ihr könnt alles mit Geld kaufen.“

Sein Blick verfinsterte sich. „Meiner Erfahrung nach stimmt das auch. Und welchen Grund habe ich dir eigentlich gegeben, mir zu misstrauen?“

Genervt tippelte ich mit der Fußspitze auf dem kalten Beton herum, während er meinen Oberkörper weiterhin im Griff hatte. „Du hättest mit dieser Stripperin fast die Hochzeit meines Bruders in den Sand gesetzt.“

„Eine Stripperin auf einem Junggesellenabschied ist ganz normal.“

Ich machte eine umfassende Geste zum Klub. „Bloß, dass du immer noch gerne in solche Etablissements gehst, oder?“

Er zuckte die Schultern. „Ich mag Pornos und ich mag nackte Frauen, die zu heißer Musik tanzen. Wow. Du wirst wohl keinen Typen finden, der nicht darauf steht, aber ich gebe es wenigstens zu. Und wenn ich dich mal dran erinnern dürfte: Es sieht ganz danach aus, dass du dein Geld mit Männern wie mir verdienst.“

„Deshalb muss ich das nicht toll finden.“

„Aber unser Geld ist in Ordnung, ja?“

Ich rollte mit den Augen. „Glaubst du, ich finde es super hier? Das ist zufällig nicht mein Lebenstraum.“

Er zog mich enger an sich. „Dann komm mit mir mit. Ich gebe dir fünfhundert, Ruby. Wie lange musst du dafür tanzen?“

Ich schluckte und benetzte meine Lippen. „Beim Tanzen fasst mich aber niemand an.“

Tyler schüttelte den Kopf. „Es ist alles Sex.“

„Ich mache da schon einen Unterschied.“

Er wölbte eine Braue und nickte nachdenklich. „Wir könnten wirklich einen Unterschied bewirken und ein paar Dinge für dich ändern: Was wäre, wenn du exklusiv für mich tanzt und gar nicht mehr herkommst?“

Genervt seufzte ich. „Tyler, von einmal fünfhundert Mäusen kann ich mich nicht dauerhaft über Wasser halten.“

Endlich ließ er meine Hand los. Allerdings nur, um versonnen durch mein Haar zu streicheln. Offensichtlich rechnete er nicht mehr damit, dass ich ihn erneut schlagen wollte. „Du könntest ja regelmäßig für mich arbeiten. Nur für mich. Bei mir zu Hause.“

Nervös kribbelten die Nerven in meinem Bauch. „Mit arbeiten meinst du tanzen?“

„Ja."

„Und das andere auch, oder?"

Er nickte. „Ja, ich will dich kosten."

Unwohl schlang ich meine Arme um den Körper. Es war kalt hier. „Und was noch?"

Seine Finger strichen über meine Wange. „Lass uns doch erstmal damit beginnen."

ၜ 2 ଓ

Tylers Apartment befand sich in diesem vornehmen, neuen Hochhaus, das nur aus verspiegelten Glasfronten zu bestehen schien, und direkt an der Themse erbaut worden war. Es war ungewohnt, einmal nicht die Londoner U-Bahn oder einen der Dockland-Züge zu benutzen. Seit ich mein altes Auto hatte verschrotten lassen, war ich nur noch mit den öffentlichen Verkehrsmitteln unterwegs. Es gab damit weniger Verzögerungen als auf den Straßen und außer zum Getränkekaufen vermisste ich meinen Rover nicht wirklich.

Tylers Auto war nicht von der Sorte, bei der man die Scheiben ständig vergeblich von innen freiwischen musste, weil die Klimaanlage längst nicht mehr funktionierte. Er hatte einen flachen Sportwagen. Im Grunde so, wie ich das von einem Aufreißertypen wie ihm auch erwartet hätte. Trotzdem war die Karre schick anzusehen und ich hatte ziemlich tief darin gesessen und mich gefragt, wie viele Mieten ich mit dem Ding bezahlen könnte.

Definitiv mehr Mieten als sich für Tylers Wohnung daraus ergeben hätten. Sie verfügte nur über zweieinhalb Räume, aber sie war sehr geschmackvoll eingerichtet und hatte eine Panoramaglasfront vom Boden bis zur Decke auf der gesamten Längswand seines Wohnzimmers.

Die Aussicht war überwältigend. Die Gebäude, Laternen und Scheinwerfer auf der anderen Uferseite leuchteten durch die Nacht. Es war so hell, dass ich Mühe hatte, die Sterne zu sehen.

„Hier kann man dir aber reingucken, oder?"

Tyler schloss die Lamellen am Fenster. „Jetzt nicht mehr."

Er hatte sich seine Jacke ausgezogen und trug ein elegantes graublaues Hemd darunter, das leicht glänzte. Trotzdem war er nicht wie ein Banker gekleidet. Ich hatte es offenbar mit seiner Freizeitkleidung zu tun. Mein Bruder kleidete sich nicht mal so elegant, wenn er mit Mary ihren Hochzeitstag feierte.

Unschlüssig stand ich vor dem abgedunkelten Fenster und starrte auf seine Einrichtung. Viel Weiß, Glas und Chrom. Seine Küche hatte sogar eine Granitarbeitsplatte, obwohl es sich mehr um eine Kochzeile mit Kühlschrank handelte. Alles dort war in weiß auf schwarz abgestimmt. Tyler schien nicht sonderlich auf Farben zu stehen.

„Willst du was trinken?", erkundigte er sich.

Ich schluckte und bemerkte, wie trocken mein Hals war. Das Blut in meinen Adern kribbelte, als hätte man es mit Strom behandelt. Ich stand hier. Ich stand jetzt wirklich hier. Und alles Zwicken half nichts, denn es war kein Traum gewesen. Er hatte mich im *Sinful Pleasures* erkannt.

„Sag es nicht David“, bat ich ihn.

Ich wollte einfach nicht, dass jemand aus meinem Umfeld erfuhr, womit ich meine Brötchen verdiente. Freunden und Verwandten erzählte ich immer, dass ich in verschiedenen Privathaushalten putzen und mich damit über Wasser halten würde.

Tyler machte eine wegwerfende Handbewegung. „Ich habe deinen Bruder seit unserem Streit nicht mehr gesehen.“

Es war nicht so, dass sie Sandkastenfreunde gewesen wären. David war sieben Jahre älter als ich und hatte sich damals mit Tyler in seinem letzten Schuljahr angefreundet. Mir kam das alles furchtbar lange her vor. Und jetzt stand Tyler hier und besaß diese elegante Wohnung, während mein Bruder gerade mal bei der Kabelgesellschaft gelandet war. Im Vergleich zu dem, was ich tat, war das allerdings ein Vorzeigejob.

„Zahlst du Miete?“, fragte ich ihn spontan.

„Nein, ich zahle Raten.“

Ich verzog die Mundwinkel. „Dann hast du doch nicht soviel Kohle, oder?“

Er schüttelte den Kopf. „Ich zahle Raten, weil die Zinsen so niedrig sind. Mein Geld investiere ich und hole mir dafür mehr wieder, als ich für den Kredit drauflege. Ruby, ich arbeite bei einer Bank.“

„Ja, klar. Da war ja was.“ Ich stieß die Luft aus und fühlte mich komplett deplatziert. Das Ganze war keine so gute Idee gewesen. Ich machte drei Schritte Richtung Garderobe und sagte: „Besser, wir lassen das.“

Doch ich kam nicht an ihm vorbei. Er war nicht grob,

aber er hielt mich fest, als ich in seine Reichweite marschierte.

„Ich nehme sonst keine Frauen mit her“, erklärte er.

Unwillkürlich zitterte ich. „Warum dann mich?“

Er lächelte einseitig und ein Grübchen formte sich auf seiner Wange. „Das habe ich doch schon gesagt.“

„Ja, ja – lecken.“

„Die meisten Frauen klingen weniger genervt bei so einem Angebot.“

Ich machte ein ironisches Gesicht. „Du meinst die fünfhundert Mäuse?“

Er legte seine Hand in meinen Nacken und zog mich an sich. Sein Atem glitt über meine Haut und die Härchen auf meinem Rücken stellten sich auf. „Ich meine den Oralsex.“

Ob ich es wollte oder nicht, mein Herz legte einen Zahn zu. „Für die meisten ist es aber auch kein unmoralisches Angebot.“

Tyler strich mit seinen Lippen über mein Kinn und verstärkte den Druck in meinem Nacken. „Du hast es dir nur noch nicht richtig vorgestellt“, flüsterte er.

„Was denn vorstellen?“

„Wie du nackt vor mir liegst und deine Schenkel für meinen Mund öffnest.“

„Hör auf damit.“ Meine Stimme klang viel zu rau. So hörte er leider überhaupt nicht auf.

„Wie ich deine Haut küsse und du meinen Atem auf dir spürst.“

So hatten wir früher nie geredet und es jetzt zu tun, fühlte sich verdammt merkwürdig an. Jedenfalls nicht unbedingt wie eine längst herbeigesehnte Fügung.

„Gib doch zu, dass die Vorstellung von dir und mir

seltsam ist“, unterbrach ich ihn.

Er neigte seinen Kopf und sah mich mit diesen glühenden, blauen Augen an. „Nicht für mich. Ich war schon damals scharf auf dich.“

Ich schnaubte. „Toll. Gibst du deshalb Geld dafür aus, statt einfach in eine Bar zu gehen und eine Frau umsonst mitzunehmen? Falls du nämlich einen Oralfetisch hast, bist du bestimmt schnell sehr beliebt.“

Er grinste mich an. „Dann stehst du also doch drauf.“

„Hey, das ist einfach schräg. Du warst mit David befreundet.“ Ich versuchte, ihn wegzudrücken, doch er war wie ein menschlicher Schraubstock.

„Ganz recht. Wir waren Kumpel und nicht Brüder. Ich hatte also Augen im Kopf. Du warst damals schon süß, aber seit ich dich nackt kenne ...“

„Hören wir doch mal auf, von mir zu reden“, schlug ich vor, weil ich einfach nur seine Aufmerksamkeit von mir ablenken wollte.

„Ist gut. Worüber willst du reden?“

„Über den Inhalt deines Kühlschranks. Ich verdurste hier gleich. Falls deine Getränkeeinladung also noch steht, nehme ich was.“

Statt mich wie erhofft loszulassen, griff er nach meiner Hand und lief mit mir zusammen zu seiner Küchenecke.

„Händchenhalten war aber nicht im Preis drin“, erinnerte ich ihn.

Es wunderte mich sowieso, weshalb er mich so hofierte, wenn er doch letztlich bloß für eine Form von Sex zahlen wollte.

Tyler ging nicht darauf ein. „Wein oder Cola?“

„Cola.“ Sein Kühlschrank war außer den Getränken fast leer. „Du hast drei Tonnen Chrom und Granit um acht Flaschen herum gebaut. Wenn das nicht der teuerste Getränkekasten der Welt ist, weiß ich auch nicht. Besitzt du kein Essen?“

Er schraubte mir eine Flasche auf und bot mir ein Glas dazu an, was ich dankend ablehnte. Ich nahm lieber direkt einen Schluck.

„Essen kaufe ich fertig. Zum Kochen habe ich keine Zeit. Es stimmt, dass nicht viel in meiner Küche drin ist. Aber das braucht dir eigentlich keine Sorgen zu bereiten, oder?“

„Es ist Verschwendung.“

Tyler seufzte und kramte seinen Geldbeutel aus der Tasche. Er zählte sechshundert Pfund ab und legte sie auf die Arbeitsplatte.

„Geht's schon los?“, fragte ich heiser.

„Ich will nur ein wenig den finanziellen Unterschied zwischen uns ausgleichen, bevor du dich noch über meine Lampen beschwerst.“

„Aber wir hatten doch fünfhundert vereinbart.“ Unsicher starrte ich auf die Scheine. Gab es etwa Trinkgeld obendrauf?

Er nickte. „Zur Auflockerung will ich, dass du für mich tanzt. In der Kabine musste ich dafür hundert Pfund hinblättern. Fair ist fair. Das zahle ich dir hier auch, aber du brauchst es mit niemandem zu teilen.“

Nervös blickte ich mich um. Sonst hatte ich nie gesehen, wie ich dabei beobachtet wurde. In der Kabine hatte ich mich alleine fühlen können, aber Tylers Anwesenheit spürte ich überdeutlich.

„Brauchst du Musik?“, erkundigte er sich.

Ich nickte stumm, weil mir jeder Aufschub und jede Ablenkung recht waren. Mein Herz hämmerte wie ein

Buschtrommler und ich trank von der Cola, als würde mein Leben davon abhängen.

Tyler suchte einen Song heraus, wie er auch in einem Nachtklub hätte laufen können. Offensichtlich stand er auf keine bestimmte Sorte von Musik. Hauptsache es gab einen drängenden Rhythmus.

Ich kratzte an meinem Nacken und wanderte immer tiefer an der Wirbelsäule entlang, bis ich nicht weiterkam.

„Versuchst du, dir blutige Schrammen beizufügen?“, wollte er wissen und nahm mir die Colaflasche ab.

„Ich bin einfach nervös, okay?“, zischte ich.

Sanft aber bestimmend griff er nach meiner Hand und zog sie unter dem Shirt hervor.

„Es wäre ein Jammer, wenn du lauter rote Striemen auf deiner Haut hättest.“ Tyler stellte sich hinter mich, schob den Ausschnitt an meinem Rücken tiefer und blies seinen Atem über die gereizte Haut.

„Das hilft doch nichts“, sagte ich matt und schloss die Augen, damit ich nichts mehr sehen musste. Dann spürte ich seine Lippen auf meinen Kratzern und ich krampfte meine Schulterblätter zusammen.

„Shhh“, murmelte er und sein Atem neckte die Härchen auf meinem Rücken. „Entspann dich, Ruby. Hier sind nur du und ich und niemand erfährt davon. Ich verspreche es dir.“

Ich sog die Luft tief ein und fühlte eine gewisse Erleichterung. Ich stand auch deshalb noch in seiner Wohnung, weil ich nicht wollte, dass Tyler als verschmähter Mann bei meinem Bruder petzte, obwohl er vermutlich wirklich gar nicht so übel drauf war. Ich hatte das mit der Stripperin nicht gemocht, weil meine

Schwägerin Mary vermutlich die Hochzeit abgeblasen hätte, wenn sie davon erfahren hätte, und ich mochte Mary. Die Sache war es einfach nicht wert gewesen, dass mein Bruder dafür seine Ehe riskierte. Also hatte ich David einen Idioten genannt.

Und Tyler hatte ich eine Standpauke gehalten, die sich so sehr gewaschen hatte, dass er mich mit lodernden Augen angestarrt hatte. Aber sonst hatte er mir nichts getan und seither waren wir uns nicht mehr begegnet.

Er bedeckte meine Haut mit Küssen und brachte kaum spürbar seine Zunge mit ins Spiel. Doch als er ganz deutlich über meine einzelnen Wirbel leckte und sie umkreiste wie den schmelzenden Rand einer Eiswaffel, erschauderte ich und machte einen Schritt nach vorn. Zitternd klammerte ich mich an seiner Granitplatte fest. Er kam mir viel näher, als es sonst je ein Kunde getan hatte. Das Tanzen in den Kabinen hatte niemals etwas mit Intimität zu tun gehabt.

„Tanz für mich“, raunte er.

Ich drehte mich zu ihm um und er lockerte die obersten beiden Knöpfe seines Hemdes. Die Musik schwebte durch den Raum wie eine sündige Hintergrundbegleitung und überlagerte das Pochen meines Pulses.

Ich nickte zu seiner weißen Ledercouch. „Setz dich dort hin und behalte deine Hände bei dir.“

Mit einem amüsierten Blick steckte er seine Geldbörse wieder ein und tat, was ich verlangte. Die Scheine für meinen Job ließ er liegen.

Viel schlimmer als die Spiegel, bei denen ich nur mich selbst gesehen hatte, waren seine Augen, die mich durchdringend betrachteten. Am liebsten hätte ich die

Lichter gelöscht. Es fiel mir schwer, mich gehenzulassen. Entsprechend ungelenk eröffnete ich den Tanz. Noch übler waren die vielen Sachen, die ich am Leib trug. Im *Sinful Pleasures* hatte ich die Kabine nur in Unterwäsche betreten. Jetzt trug ich lange Kleidung und Röhrenjeans, aus denen man furchtbar schlecht herauskam.

Also startete ich mit dem leichten Teil: meinem Shirt. Ich streifte es über den Kopf und rollte es lasziv von meinen Armen. Dann bewegte ich es zwischen meinen Brüsten entlang, während ich auf ihn zu tanzte, und strich ihm damit über die Wange. Er lehnte seinen rauen Bartschatten gegen den weichen Wollstoff und sog genießerisch den Atem ein. Wie es schien, roch Tyler gerne an Kleidern, Haaren und Haut.

Ich warf den Pulli in die Couchecke, kehrte ihm den Rücken zu und ließ mein Becken vor ihm kreisen. Wie schon vorhin öffnete ich den Verschluss des BHs und bedeckte meine Brüste mit den Händen, bevor ich mich wieder zu ihm umdrehte.

Tylers Blick war verhangen. Ich hatte ihn schon lachen sehen. Hatte ihn schon streiten sehen. Aber so hatte er mich nie zuvor angeschaut. Er blinzelte und benetzte seine Unterlippe. Mein Anblick machte ihn definitiv an. Mir fiel erneut auf, wie gut er aussah. Sein markantes Kinn, die blauen Augen, diese unterschwellige Kraft. Seine Arme hatte er auf die Couchlehne gelegt und mit den Händen griff er fester ins Leder. Ich stellte mir vor, wie er meine Pobacken so kneten würde.

Ich wusste, was er wollte, und er wusste, dass es mir klar war. Mir gingen seine Wünsche vom Klub noch deutlich genug durch den Kopf. Also streichelte ich vor seinen Augen meine Brustwarzen und legte den Kopf in den Nacken.

„Ja“, flüsterte er.

Zu den Klängen der Musik schlängelte ich meinen Körper vor ihm auf und ab. Ich ging mehrmals in die Hocke und kam dann wieder hoch. Dann ließ ich meine Brüste los und strich am Bauch entlang tiefer bis zum Bund meiner Hose.

Seine Augen hingen an meinen Brustwarzen. Sie hatten sich unter meiner Berührung aufgerichtet und ragten spitz hervor.

Ich stellte ein Bein neben seiner Hüfte ab, legte die Hände auf seine Schultern und schaukelte vor und zurück. Mein angewinkeltes Knie verhinderte dabei, dass er meine Brüste mit seinem Mund erreichte.

Nun kam der schwerste Teil. Ich musste diese Röhrenhose von meinen Beinen bekommen. Langsam öffnete ich den Knopf und zog den Reißverschluss Zahn für Zahn tiefer. Genau auf Höhe seines Gesichts. Dann stellte ich beide Beine nebeneinander auf den Boden und drehte ihm meine Kehrseite zu.

Gemächlich schob ich den Stoff an meinen Beinen tiefer, während ich meine Hüften vor ihm hin und her schwang. Ich hörte das Leder knarzen, als er sich unruhig darauf umsetzte. Dann spürte ich seine Hand am Bund meiner Spitzenwäsche und wie er mir ein Stück Papier darunter schob. Mir war klar, dass er einen Geldschein zusammengerollt hatte.

Ich hing kopfüber, weil ich noch mit der blöden Jeans zu tun hatte, und suchte seinen Blick. Er grinste mich doch tatsächlich an und einfach so entspannte ich mich ein wenig. Ihm war es völlig egal, dass das hier nicht der perfekte Striptease war.

Ich war so kurz davor, ihm zu sagen, wie sehr mich diese Hose meine Nerven kostete, doch das wäre unprofessionell gewesen. Hier und heute war er kein einfacher Bekannter mehr. Schließlich bezahlte er mich für all das. Nun auch noch mit Trinkgeld. Neugierig war ich ja schon, was für einen Schein er mir unter den Slip gesteckt hatte. Sonst passierte mir das auch nie.

Erleichtert befreite ich meinen linken Fuß aus der Hose und konnte mich nun weniger beengt in den Tanz fügen. Diese Jeans war nichts anderes als eine unpraktische Fessel gewesen.

Ich stellte die Beine leicht auseinander und wippte meinen Po im Takt vor ihm. Mit der Hand streichelte ich an meinem Körper entlang und richtete mich verführerisch auf, während ich meinen Rücken zu einem Hohlkreuz durchdrückte. Ganz nah stützte ich meine Hände neben seinen Oberschenkeln ab und machte Bewegungen, als würde ich mich ein paar Mal fast auf seinen Schoß setzen.

Zwar war ich barfuß, jedoch hatte ich weiterhin die enge Jeans um meinen rechten Knöchel hängen. Es war also keine Option, durch den Raum zu wirbeln, als wäre ich die Hauptdarstellerin von *Flashdance*. Stattdessen drehte ich mich zu ihm um und stellte ihm den bekleideten Fuß auf seine Brust. Nur die Zehenspitzen, nur ganz leicht. Ich lächelte ihn auffordernd an, während ich mich um meine Brüste kümmerte.

Sanft legte Tyler seine warmen Hände auf meinen Oberschenkel und streichelte mein ganzes Bein hinab bis zum Knöchel. Dann zog er mir die Jeans vom Fuß und pfefferte sie in eine weit entfernte Ecke wie ein Lasso.

Nun war bloß noch der Slip mit dem Geldschein übrig. Kokett nahm ich meine Unterlippe zwischen die Zähne, zog den Schein aus dem Tanga und rollte ihn auf. Es war ein Zwanziger. Einfach so extra obendrauf. Vermutlich hatte er ihn mir für den Bodycheck gegeben. Anfassen war ein Bonus, den er in der Kabine nicht gehabt hätte.

Ich nickte ihm dankend zu und tänzelte zu meinem BH, wo ich das Geld in einem der vorgeformten Körbchen ablegte, als wäre es der Sammelhut eines Straßenmusikanten. Dann kehrte ich im Takt der Musik zu Tyler zurück und drehte mich mehrmals um die eigene Achse. Ich umkreiste seine Couch und ließ ihn meine Haare auf seinen Armen spüren, wenn ich an ihm vorbeiglitt. Schließlich kletterte ich rittlings auf seinen Schoß, ohne mich hinzusetzen und nahm sein Gesicht in meine Hände.

Seine Augen loderten vor Lust und der kurze Stoppelansatz, der sich seit seiner Rasur am Morgen auf seinem Kinn und den Wangen gebildet hatte, neckte meine Handflächen.

„Zieh den Slip aus, Ruby." Seine Stimme klang so kratzig, wie sein Bart sich anfühlte.

Ich hauchte ihm meine Frage in sein Ohr: „Was bekomme ich dafür?" Zart leckte ich über seine Ohrmuschel.

„Willst du noch einen Zwanziger?"

Erfreut wölbte ich eine Augenbraue. So schnell hatte ich noch nie Geld verdient. Die kleine Verhandlung um meinen Slip lenkte mich zum Glück etwas von der bevorstehenden Sache ab, für die ich fünfhundert Mäuse einstreichen würde.

„Das hört sich gut an", stimmte ich zu.

„Für einen Slip ist das ein bisschen viel, oder?“, verhandelte er nun seinerseits dagegen.

Er war eben doch ein Banker.

„Und was findest du angemessen?“ Ich legte einen Arm über seine Schulter und ließ die Hand von der Couchlehne baumeln. Mein rotes Haar fächerte über seine Wange, als ich ihm meine Frage zuflüsterte.

Sofort atmete er wieder tief ein. Der Mann hatte einen Geruchsfetisch. Soviel stand mal fest.

„Ich will, dass du deine Brüste zusammendrückst, bis sich deine Nippel berühren, und dann schiebst du sie mir an den Mund, damit ich mit der Zunge drüber streichen kann. Mehr nicht. Nur ein kurzes Hallo.“

So wie er es sagte, hätte man annehmen können, dass er gerade einen ganz artigen Vorschlag gemacht hatte. Er kramte einen weiteren Schein aus seiner Brieftasche, hielt ihn mir so hin, dass ich ihn sah, und steckte ihn mir dann gefaltet vorne in den Slip. Dabei berührte sein Ringfinger genau meine Klitoris und ich zuckte sofort zusammen.

Ich konnte in seinem Blick unmöglich sehen, ob es Absicht gewesen war, aber ihm war in jedem Fall klar, wo er mich gerade gestreichelt hatte. Atemlos schluckte ich und starrte ihn an.

„Der Slip und deine Brüste“, erinnerte er mich. Anständigerweise sah er mir bei seiner Forderung in die Augen.

Zögernd legte ich meine Hände außen an die Brüste und schob sie langsam zusammen. Meine Finger spreizte ich dabei über der Haut, bis ich die Brustwarzen genau zwischen Zeige- und Mittelfinger klemmte. Sie berührten sich nicht ganz. Ein paar Zentimeter trennten sie voneinander.

Mein Atem kam viel zu flach, als ich mich seinem Mund näherte. Tylers Blick klebte an meinen Brüsten und er öffnete seinen sinnlichen Mund und schob die Zunge vor. So wie er es beschrieben hatte, leckte er einmal zart links und rechts über meine Brustspitzen. Ein Stöhnen drang über meine Lippen, weil es ewig her war, dass ein Mann mich intim berührt hatte.

Tyler lehnte sich brav zurück, doch er lächelte zufrieden und sein Blick war die pure Herausforderung.

Die kurze Berührung hatte gereicht, dass sich mein Unterleib lustvoll zusammenzog. Ich spürte, dass ich feucht wurde, und ich fühlte es auch an meinem Slip. Ganz toll. Schließlich war ich genau jetzt damit dran, ihn ausziehen zu müssen.

Tyler schaute auf die dünne Spitze, als würde er den Anblick meiner entblößten Scham kaum abwarten können. Ich hatte die Musik völlig vergessen und nun konzentrierte ich mich darauf, meine Bewegungen wieder im Takt auszuführen. Ich stieg von ihm herunter und packte den zweiten Schein zu dem anderen ins Körbchen. Eigentlich wollte ich den Slip genau hier ablegen, etwa zwei Meter von Tyler entfernt, doch er hielt mich davon ab.

„Komm wieder zu mir, Ruby. Ich will, dass du dich direkt vor meinen Augen ausziehst."

Ich folgte seinen Worten und blieb vor ihm stehen. Dann streifte ich die Spitze von meinen Beinen. Bevor ich ganz aus dem Tanga heraussteigen konnte, sagte er: „Stell deinen Fuß wieder auf mir ab."

Tyler war komplett bekleidet, während ich dabei war, mein letztes Kleidungsstück zu verlieren. Ich hätte mich nicht nackter fühlen können.

Stockend legte ich meinen Fuß in seine offene Hand und er nahm die Spitzenwäsche von meinem Knöchel und betrachtete sie. Zufrieden rieb er mit seinem Daumen durch die feuchte Stelle, die sich am Stoff gebildet hatte. Das war also alles, was er hatte prüfen wollen, und ich hatte den Test nicht wirklich bestanden. Ja, er hatte es geschafft, mir Lust zu bereiten, obwohl das im Grunde nur ein Job für mich war.

Tyler stand auf und krempelte seine Hemdsärmel langsam auf. Unsicher wich ich einen Schritt vor ihm zurück.

„Fünfhundert fehlen noch“, raunte er. „Küchentisch oder Bett?“

Fragend runzelte ich die Stirn.

„Willst du hart oder weich liegen?“, hakte er nach.

Ich wollte auf keinen Fall in seinem Bett landen.

Trotzig reckte ich das Kinn vor. „Tisch.“

Er grinste mich frech an. „Du stehst also lieber auf hart.“

„Habe ich nicht gesagt.“

Langsam kam er auf mich zu. „Wir werden es herausfinden.“

3

Die erste Berührung seiner Zunge fegte mir den Verstand aus dem Kopf. Ich krallte meine Nägel um seine Tischplatte. Es Tisch zu nennen, war eigentlich schon eine Übertreibung. Es passten höchstens zwei Leute daran. Entsprechend lag nur mein Oberkörper darauf. Meine Schenkel hatte er sich über die Schultern gelegt und die Füße stemmte ich gegen die Lehne des Stuhls, auf dem er saß. Das zwang mich dazu, meine Beine für ihn zu spreizen, damit ich sie weit genug um seinen Kopf auseinander winkeln konnte. Die Stuhllehne war nämlich genauso ein Witz. Das Ding war total schmal und machte es zu einem Drahtseilakt, während ich um meine Beherrschung kämpfte. Das gelang mir allerdings schlechter als schlecht.

Tyler stöhnte genussvoll, während er sein Gesicht in meinem Schoß vergrub. Seine Gier erregte mich. Er gab mir eine ganz eigene Sorte von Kuss. Lippen auf Lippen – ja. Aber er küsste mich wirklich nicht auf den Mund. Seine Zunge schnellte vor und umkreiste unbarmherzig meine Klit. Seine Hände gruben sich unter meine Schenkel und hoben mein Becken an sein Gesicht.

Ich biss die Zähne aufeinander, um nicht hilflos zu schreien. Doch das Stöhnen, das immer wieder in meiner Kehle aufstieg, konnte ich nicht unterdrücken.

Plötzlich ließ er mein rechtes Bein los und schob zwei Finger in mich hinein. Mühsam kämpfte ich um den festen Halt an seiner Lehne. Immer wieder rutschten meine Füße ab, während seine Finger mich von innen massierten und seine Zunge mich geschickt verwöhnte. Tyler schien genau zu wissen, was ich brauchte.

Als ich glaubte, fast zu kommen, ließ er von mir ab und biss mir sanft in den Schenkel. Es war kein scharfer Schmerz, jedoch lenkte es mich von meiner Erfüllung ab. In aller Seelenruhe knabberte er an meinem Bein entlang, als würde es gerade nicht um meinen Höhepunkt gehen.

„Verdammt, Tyler!“, fluchte ich und riss keuchend die Augen auf.

Der Tisch in meinem Rücken war viel zu hart und drückte unangenehm gegen meine Rippen und Schultern.

„Kann ich was für dich tun, Ruby?“

„Bring es endlich zu Ende.“

Er lachte lautlos. „Bitte mich darum.“

Mein verfluchter Stolz saß mir wie eine Zecke im Nacken. Ich versuchte, die Oberschenkel zusammenzupressen, doch er drückte mein linkes Bein zur Seite.

Dann bewegte er seine Finger in mir und rieb mit dem Daumen einmal flüchtig über meine Perle. Ich stöhnte auf und schob ihm mein Becken gegen die Hand. Ich wollte, dass er mich erlöste.

„Okay, bitte.“ Ich klang nicht gerade freundlich.

„Guter Anfang“, schnurrte er. „Jetzt bring meinen Namen und die Worte *lecken* und *Muschi* unter. Du kannst aber auch *Pussy* sagen, falls dir das besser gefällt.“

Ich wollte ihn treten. Ich wollte, dass er seine Zunge wieder auf meiner Klitoris tanzen ließ. Seine Finger massierten mich, sodass meine Lust einfach nicht abebbte. Ich probierte, seine Hand zu reiten und dadurch zu kommen, ohne es sagen zu müssen, doch er schüttelte nur den Kopf, als wäre ich ein unartiges Mädchen.

„Sag es, Ruby.“

Verdammt, ich wusste, dass er ein Blödmann war. Ich hatte ihn nur auf eine andere Art für blöd gehalten.

„Gott, Tyler, leck endlich meine Muschi, oder ich bringe dich um.“

Er lachte, doch er nickte. Endlich spürte ich seine Lippen und seine Zunge. Er hauchte mir zarte Küsse auf meine Klit und saugte sie sanft in den Mund. Mit schnellen Zungenschlägen brachte er mich an den Rand des Wahnsinns.

„Ich lasse dich nur kommen, wenn du mir versprichst, dass du morgen wieder hier bist“, murmelte er.

„Erpresser“, keuchte ich.

„War das ein Ja?“

Er zog seine Finger aus mir und streichelte mich zärtlich. Eigentlich erwartete Marvin mich im Klub. Doch während ich breitbeinig und nackt vor Tyler lag und er mich leckte, wie es noch kein Mann je zuvor getan hatte, vermisste ich Marvin und Loretta kein bisschen. Diese verspiegelten Rubbelkabinen hatten mich noch nie erregt. Dafür tat Tyler es umso gründlicher. Obendrein zahlte er besser. Und jetzt gerade würde ich sowieso alles sagen, was er wollte.

„Okay."

„Okay, du kommst, Ruby?"

„Ja."

Er schob seine Finger zurück in mich hinein und bearbeitete mit dem Mund meine Klitoris, bis ich um seine Finger zuckte und laut stöhnend kam.

Ich drückte seinen Kopf weg, weil ich wunderbar befriedigt war, und blieb erschöpft liegen. Langsam ebbte der Rausch ab und ein merkwürdiges Gefühl machte sich in mir breit. Ich lag nackt wie auf dem Präsentierteller vor ihm und er hatte gerade meinen intimsten Moment miterlebt, während er voll bekleidet auf dem Stuhl vor mir saß. Ich schloss die Augen, weil ich dadurch den peinlichen Moment aufschieben konnte, an dem ich mich seinem Blick stellen musste, wenn ich von seiner Tischplatte kletterte.

Tyler streichelte meine Schenkel und küsste meine Haut. Seine Lippen waren so sanft, dass sie mich einlullten. Doch als er mich erneut reizen wollte, fiel ich vor Schreck fast vom Tisch. Ich wand mich aus seiner Berührung, setzte mich auf und strich mir das wilde Haar aus dem Gesicht.

„Tyler, das ist zu viel. Von deinem Tisch kriege ich blaue Flecken."

Er zwinkerte nur verschmitzt. „Du magst es doch hart."

Es war ein Fehler gewesen, nicht in sein Schlafzimmer zu gehen. Mir taten sämtliche Knochen weh.

„Ich will nur noch ins Bett. Besser, ich fahre nach

Hause."

Er half mir beim Aufstehen und hielt mich dann in seinen Armen fest. Sein Mund wanderte an mein Ohr. „Bleibe doch hier."

Zwei Dinge waren seltsam. Erstens: Intimität für Geld. Ich hatte da so meine liebe Mühe damit, meinen Höhepunkt als Dienstleistung zu verbuchen. Und zweitens: die mörderische Ausbuchtung unter seiner eleganten Stoffhose. Er hatte so viel Geld ausgegeben und selbst nichts davon gehabt. Wie die Sache enden würde, wenn ich ihn nun in sein Schlafzimmer begleiten würde, war nur allzu klar.

„Das wäre keine gute Idee", flüsterte ich.

Ich spürte, wie seine Schultern nach unten sackten. Trotzdem kam er mit meiner Abfuhr erstaunlich tapfer klar. „Dann lass mich dich wenigstens fahren."

Ich schüttelte den Kopf. „Nein, ich nehme wie sonst auch die U-Bahn."

Er legte seine Hände um meine Oberarme und sah mich ernst an. „Du fährst um diese Zeit auf keinen Fall mehr allein durch halb London. Entweder fahre ich dich oder ich rufe dir ein Taxi."

Ich stöhnte, weil ich meine frisch verdiente Kohle nicht für eine Taxifahrt dezimieren wollte. „Tyler, ich habe meine *Oyster Card* für die öffentlichen Verkehrsmittel. Warum sollte ich draufzahlen wollen?"

Irritiert schaute er zu dem Stapel aus Geldscheinen, der auf der Granitarbeitsplatte lag. „Du hast heute 640 Pfund verdient."

Ich zuckte die Schultern, wand mich aus seinen Armen und sammelte meine Sachen vom Boden. „Was soll ich sagen? Ich bin ein sparsamer Mensch. Die Fahrt mit dem

Taxi kostet doch locker sechzig Pfund. Das würde mir im Leben nicht einfallen.“

Anders als Tyler wohnte ich nicht direkt im Zentrum von London, sondern im Außengebiet an der Schnellzugtrasse, die Touristen und Geschäftsreisende vom Zentrum zum City Airport brachte.

Er raufte sich die Haare. „Dann zahle ich eben auch noch das verdammte Taxi, Ruby!“

Ich war gerade dabei, meinen BH anzuziehen, und hielt inne. „Du kannst doch nicht siebenhundert an einem Abend für mich ausgeben.“

Er nickte entschlossen und verschränkte seine Arme vor der breiten Brust. „Ich kann und ich werde. Auf keinen Fall lasse ich dich nach Mitternacht durch die U-Bahnschächte ziehen.“

Seine Augen waren auf meine nackten Brüste gerichtet. Es war ja nicht so, als würde ich in diesem Evakostüm durch die Stadt tingeln. Langsam schob ich mir den BH hoch und hakte den Frontverschluss ein. „Warum solltest du das tun?“

Er schluckte und leckte sich über die Lippen. „Nennen wir es eine Investition in die Zukunft.“

Ich seufzte. Was soll’s? Es war ja sein Geld. „Wenn du drauf bestehst ...“

„Allerdings.“

Tyler half mir beim Anziehen und reichte mir ausgerechnet den Tanga. Dabei stand er so nah hinter mir, dass es sich anfühlte, als ob er mich berühren würde. Dennoch tat er es gar nicht. Hastig kleidete ich mich an und versuchte, nicht pausenlos an den Orgasmus zu denken, den er mir geschenkt hatte.

Er bestellte mir ein Taxi und brachte mich zur Tür.

Schweigend fuhren wir mit dem Aufzug nach unten, doch ich spürte seinen Blick auf mir wie seine Hände zuvor. Ich war erleichtert, als wir endlich draußen standen, und atmete die kalte Nachtluft ein.

Als das Taxi auf uns zufuhr, nahm Tyler mich am Arm zur Seite. „Du kommst doch morgen, oder?“

Vor Aufregung kribbelten tausende Ameisen durch meinen Körper. Sein Blick zeugte von der Erinnerung an das, was wir getan hatten. Ich konnte das Lodern in seinen Augen sehen.

Scheu leckte ich über meine Lippen und starrte zum Taxi, das neben uns hielt.

„Du hast es versprochen, Ruby.“

„Ja, ja.“ Ich nickte matt.

Mal sehen.

Er setzte mich in den Wagen und speicherte sich die Taxinummer in seinem digitalen Organizer, als wollte er sie für eventuelle Angaben bei der Polizei bereitliegen haben, falls etwas nicht stimmen sollte. Außerdem vereinbarte er mit dem Fahrer einen Festpreis und bezahlte ihn direkt vorab. Dabei bekam Tyler mit, wo ich wohnte, was mich nicht gerade zu Jubelausbrüchen verleitete. Ich konnte an seinem Gesichtsausdruck ablesen, dass ihm die Adresse nicht gefiel.

Vermutlich kannte er das Panorama von Wäscheleinen auf den schäbigen Balkonen, die direkt an der Docklandbahn angrenzten, als müsste man nur eine Hand aus dem Fenster halten, um im Vorbeifahren die bunten Socken zu klauen. Bestimmt fuhr er öfter mal zum Flughafen hinaus. Er wirkte so mondän. Andererseits stand er ja auf Taxis.

„Komm am Abend um neun zu mir, Ruby“, erinnerte

er mich und warf die Tür zu. Dann klopfte er zweimal auf das Dach und der Wagen brachte mich von ihm fort.

၍ 4 ဇ

Ich ließ den Kaffee durch meine Maschine laufen und rieb mir die verspannten Schultern. Diesen dummen Tisch würde ich mir nie wieder aussuchen. Als ich heute Morgen aufgewacht war, hatte ich noch genau gespürt, dass ich mich nicht für sein Bett entschieden hatte. Im Spiegel hatte ich nach blauen Flecken gesucht, doch zum Glück hatte ich keine entdecken können.

Jetzt stand ich auf Socken in meiner Küche, die zwar nicht aus Granit war, aber in der es immerhin Müsli gab und nicht bloß Getränkeflaschen wie bei Tyler. Ich machte mir Frühstück und setzte mich mit der Zeitung von gestern an den Küchentisch. Dabei bauten sich sofort die Erinnerungen an letzte Nacht in mir auf.

Himmel, ausgerechnet Tyler Barnes!

Aus der Zeitung starrte mich die Werbung für das Phantom der Oper an. Als ob ich für Kultur Geld gehabt hätte. Ich knautschte das Käseblatt zusammen und starrte auf meine Handtasche im Flur.

Missmutig schob ich mir einen Löffel mit Müsli in den

Mund und ging dann hinüber, um den Inhalt meiner Tasche auf dem Fußboden auszuschütten. Dabei tauchten die Geldscheine zwischen all den wertlosen anderen Dingen auf. Ich beschloss, ein paar Rechnungen davon zu bezahlen. Wenn das Geld weg wäre, bräuchte ich nicht mehr darüber nachzudenken, was ich mir Schönes davon kaufen könnte. Oder wie ich es überhaupt verdient hatte. Außerdem würde ein Teil der unliebsamen Rechnungen verschwinden, die sich auf meiner Flurkommode angesammelt hatten.

Es gab Tage, da wollte ich nicht einmal mehr die Post öffnen. Doch das hätte schließlich nichts gebracht. Wenn ich aufhören würde, alles zu organisieren, würde ich am Ende nur meine Wohnung verlieren. Das wollte ich auf keinen Fall.

Bevor ich mich an die Bilanz machte, schlüpfte ich in ein paar Jeans und ein altes Shirt, bürstete meine Haare durch und schnappte mir meinen Schlüsselbund. Es war besser, wenn ich nachsah, ob noch mehr Rechnungen oder Mahnungen im Briefkasten auf mich warteten.

Da es in diesem Haus keinen Fahrstuhl gab, flitzte ich die Treppen aus dem fünften Stock nach unten. Von dem Lärm, den ich dabei veranstaltete, wurde eine Wohnungstür im ersten Stock geöffnet. Mein Nachbar Ronald war wie ein Wachhund. Er beobachtete ständig jeden beim Ein- und Ausgehen.

Als ich meine Post aus der langen Briefkastenwand holte, tauchte er neben mir auf und ich bekam den üblichen Spitznamen von ihm zu hören.

„Hey, Merida, bist du gestern mit dem Taxi gekommen?“

Ronald war ungefähr siebzig, wohnte hier, weil seine

Rente nicht mehr hergab, aber immerhin dafür noch ausreichte, und schaute die halbe Zeit aus seinem Fenster. Dabei stützte er seine Arme auf einem Kopfkissen ab, das er sich extra auf sein Fensterbrett gelegt hatte. Anfangs, als ich eingezogen war, hatte ich das Kissen für charmant gehalten, wie es dort rot leuchtend vor der Scheibe lag und bunte Trotteln daran hingen. Allerdings hatte ich zu diesem Zeitpunkt noch angenommen, es wäre der Schlafplatz einer Katze. Ein Haustier war mir bei ihm jedoch noch nie aufgefallen, dafür sein Gesicht am Fenster.

Ronald nannte mich wegen meiner roten Haare ständig Merida. So wie diese Königstochter mit ihrer wallenden Mähne aus einem Animationsfilm für Kinder über Legenden aus den Highlands. Ronald hatte ausgerechnet ein Faible für Disneyfilme und andere Märchengeschichten.

„Ich bin nicht aus Schottland, Ron." Genau genommen war ich aus England noch nie herausgekommen. Wo Tyler wohl schon überall hingeflogen war? Ich verscheuchte den Gedanken, weil mir sein viel zu intensiver Blick durch die Erinnerung spukte.

„Seit wann fährst du Taxi?", bohrte mein Nachbar weiter.

So ähnlich wie der dicke Obelix aus einem anderen Kinderfilm, der als kleiner Junge mal in einen Kessel mit Zaubertrank gefallen war und seither Superkräfte besaß, musste Ronald mal in einen Brunnen mit Neugierwasser geplumpst sein.

„Seit gestern", antwortete ich knapp.

Flüchtig schaute ich meine Post durch und fand drei Briefe, die verdächtig nach weiteren Rechnungen aussahen. Warum kostete im Leben einfach alles Geld?

„Hast du einen Verehrer, Merida?“

Ich rammte die Tür meines Briefkastens zu und drehte den Schlüssel um. „Ja, er ist Taxifahrer.“

Mit dem Schlüssel klimpernd stieg ich die Treppen zu meiner Wohnung hinauf. Gleich würde ich Ronald abgehängt haben, weil er fast ganz unten lebte.

Eilig schob er sich die Brille auf dem Nasenrücken hoch und folgte mir. Dabei zog er sich Stufe für Stufe am Geländer hinauf. Es war erstaunlich, wie flink er dabei war. „Der Fahrer von gestern? Der kleine Pakistani?“

Ich wunderte mich, dass er keinen pauschalen Namen für Menschen aus jenem Land bereithielt, nachdem er für rothaarige Frauen doch auch einen eigenen Spitznamen kannte. Andererseits wollte ich lieber nicht hören, was er sich dafür aussuchen würde, sonst würde er mir noch eine Beziehung mit dem kleinen Muck andichten.

„Du kannst durchs Fenster sehen, ob jemand aus Pakistan kommt, Ron? Das ist erstaunlich. Besonders, weil du eine Brille brauchst.“

„Die trage ich bloß, damit ich nicht gegen meine Möbel renne.“

Ich verdrehte die Augen. Er konnte es nicht sehen, weil ich ihm den Rücken zugekehrt hatte. „Mach’s gut, Ron.“

„Merida, wenn dein Freund ein Taxi hat … Ich muss immer zum Arzt fahren, aber es wäre viel bequemer, wenn er mich fahren könnte.“

„Ron, wenn du Taxifahren willst, dann schleppe dir deinen eigenen Taxifahrer ab.“

Ich verschwand in meine Wohnung und rupfte die Briefe auf. Wie befürchtet fand ich drei neue Rechnungen vor. Ich breitete alle Schreiben vor mir auf dem Boden aus und sortierte sie nach Fälligkeit, Mahnstufe und persönlichem Vorrang. Eindeutig gingen mir Miete, Strom und Nebenkosten über alles, weil ich mein Dach über dem Kopf nicht verlieren, nicht im Dunkeln sitzen und auch nicht auf Wasser verzichten wollte. Es war ja nicht so, als hätte ich wie vor hundert Jahren einen Brunnen mit Pumpe im Hof stehen gehabt.

Zwischen den Rechnungen hatte auch ein Werbeprospekt für schicke, neue Kleidung gelegen. Bedauernd warf ich ihn in den Müll. Selbstkontrolle war einfach das halbe Überleben. Ich hatte mir schon lange nichts Schönes mehr gekauft.

Miete und Nebenkosten wurden immer abgebucht. Ich rechnete aus, wie viel ich für die nächste Zahlung brauchen würde und schob vierhundert Pfund auf die Seite, die mir noch fehlten.

Vierzig Pfund landeten als Reserve im Geldbeutel und von den restlichen zweihundert wählte ich mir ein paar kleinere, dringende Sachen aus. Ich steckte mir die entsprechenden Überweisungsträger in die Tasche und zog mich warm an. Es war Freitag und ich hatte Lust, in die Stadt zu fahren. Dabei könnte ich das Geld einzahlen gehen und die Überweisungsscheine einwerfen.

Tyler arbeitete vermutlich gerade seine täglichen zwölf Stunden ab. Das war doch verrückt. Wann schlief er eigentlich?

Auf dem Weg zur Bank lief ich durch eine der vielen Einkaufsstraßen. Ganz bewusst kam ich regelmäßig hierher und lenkte meine Schritte vor ein bestimmtes

Schaufenster. Seufzend betrachtete ich den roten Mantel, der darin ausgestellt war. Er war wunderschön und schien nur für mich genäht worden zu sein. Allerdings kostete er vierhundert Pfund. Seit Langem hatte ich mal wieder so viel Geld, nur leider hatte ich es nicht wirklich übrig.

Trotzdem ging ich ins Geschäft und strich mit meinen Fingern über den weichen, warmen Stoff. Ich hielt ihn mir vor einem Spiegel an und neigte den Kopf. Dieser Mantel machte einfach jemanden aus mir, der ich momentan nicht war. Elegant und auffallend. Als ich ihn von meinem Körper weghielt, stand ich in meiner uralten Jacke vor dem Spiegel und sah wieder so unauffällig aus wie eine Bohne mit roten Haaren.

„Kann ich ihnen helfen?“, erkundigte sich eine freundliche Verkäuferin.

Bedauernd schüttelte ich den Kopf und gab ihr den Mantel wieder.

Nein, ich musste standhaft bleiben. Auch wenn ich nicht einmal annähernd Tylers Wohnung besaß, galt es trotzdem, meine Bleibe zu sichern.

꧁ 5 ꧂

Ich stand draußen vor seinem Wohnhaus und schaute auf meine Uhr. Schon zwanzig nach neun und er war noch immer nicht da. Ich hatte den halben Tag überlegt, ob ich wirklich wieder herkommen sollte, doch nun, wo ich es getan hatte, fehlte jede Spur von ihm.

Der Sicherheitsmann hatte mich nicht nach oben lassen wollen, solange Tyler Barnes nicht hier war, um mich in Empfang zu nehmen. Als ob ich eine Einbrecherin oder Stalkerin sein könnte!

Während ich nun in der Kälte stand, dachte ich unentwegt an den peinlichen Moment zurück, als ich befriedigt von seinem Tisch geklettert war. Er hatte vor mir gesessen und mich beobachtet und ich hatte mich nackter gefühlt, als bei jedem Tanz im *Sinful Pleasures* zuvor.

Unsere letzte Begegnung lag vier Jahre zurück und hatte in einem Streit geendet und dann das. Intimer ging es einfach nicht mehr. Ich hatte es kaum geschafft, ihn anzusehen, während er ganz unbefangen gewesen war.

Kein Wunder, denn er hatte sich keine Blöße gegeben.

Für meine Arbeit im Klub war ich mittlerweile viel zu spät dran. Marvin würde sich kein zweites Mal von mir versetzen lassen. Falls Tyler nicht bald auftauchte, hatte ich wohl gleich beide Jobs in den Sand gesetzt.

Fröstelnd blies ich meinen warmen Atem in die Handschuhe und suchte die Straße nach ihm ab. Ich würde ihm noch zehn Sekunden geben.

Eins.

Ein altes Taxi fuhr hupend an mir vorbei, weil ein Radfahrer seine Spur schnitt.

Zwei.

Ich war erst bei zwei, kam mir aber jetzt schon dumm vor.

Drei.

War ja eigentlich eine gute Zahl, brachte mir Tyler jedoch auch nicht vorbei.

Vier.

Wollte ich das denn eigentlich?

Fünf.

Wer wusste denn schon, wo das enden würde?

Sechs.

„Bleibe doch hier."

Sieben.

Die Vorstellung, was passiert wäre, wenn ich die ganze Nacht bei ihm geblieben wäre, geisterte durch meinen Kopf wie eine erotische Heimsuchung.

Acht.

Ob er sich selbst noch Erleichterung verschafft hatte, nachdem ich gegangen war?

Neun.

Schon neun, doch die Straße blieb leer.

Zehn.

Die Zeit war abgelaufen. Unschlüssig schaute ich zum Eingang des gläsernen Wohnhauses, hinter dem die Reichen ihre eigenen Träume lebten. Ganz sicher wünschten sie sich mehr als einen roten Mantel aus einem Schaufenster. Vermutlich besaß man nie genug. Doch wo wären wir ohne Sehnsüchte?

Tylers Blick schoss mir durch den Kopf. Seine Nähe. Seine Berührungen. Ich hatte nicht gewollt, dass mich jemand im *Sinful Pleasures* findet. Trotzdem wäre ich ohne sein Auftauchen wohl noch monatelang dort geblieben, statt mich auf die Suche nach einem neuen Job zu machen. Nun blieb mir nichts anderes mehr übrig.

Er versetzte mich gerade wie irgendein Mädchen, das er zwischendurch mal flüchtig auflas. Seufzend und enttäuscht setzte ich mich in Bewegung. Ich redete mir ein, dass es besser so war.

„Ich nehme sonst keine Frauen mit her.“ Viel gebracht hatte mir diese Ehre jedenfalls nichts. Es war Freitagabend und wie es schien, hatte Tyler andere Pläne für sein Wochenende geschmiedet. Jemand, der so nah am Puls der Zeit lebte und dem Geld nachrannte, wechselte wahrscheinlich öfter mal den Kurs.

Es fiel mir schwer, von seinem Haus fortzugehen. Ohne dass ich es wollte, steckte mir Tyler Barnes nachhaltig in den Knochen. Ich gestand mir ein, dass unser kleines Arrangement sich auch ziemlich aufregend und nicht nur peinlich angefühlt hatte. Seine Hingebung hatte mich mitgerissen. Dieser Blick, mit dem er mich angesehen hatte – als wäre ich wunderschön für ihn.

Dabei war ich nur ein dürrer fünfundzwanzigjähriger

Rotschopf. Noch dazu ein völlig abgebrannter. Ich hatte nicht vergessen, wie ich ohne den roten Mantel im Spiegel des Kaufhauses ausgesehen hatte. Kein Mensch käme auf die Idee, mich bei einem Partnerhütchenspiel neben Tyler zu schieben.

Ich blickte auf und sah eine perfekt geschminkte und geschmackvoll gekleidete Blondine mit Highheels und einem gepunkteten Trenchcoat an mir vorbei laufen. Bis auf den rot geschminkten Mund hatten wir nichts gemeinsam. Sie sprach in ihr schickes Smartphone und lachte. Augenscheinlich hatte sie ein Guthaben auf dem Handy. Sie würde viel besser zu Tyler passen.

Eifersucht brannte in meinem Magen und ich richtete den Blick wieder stur auf den grauen Beton des Bürgersteigs vor mir. Mit langsamen Schritten entfernte ich mich weiter von Tylers Haus. Für einen kurzen Moment hatte es so ausgesehen, als würde sich mit ihm eine sehr aufregende Tür öffnen. Und nun ging nicht einmal mehr die Eingangstür seines Wohnhauses für mich auf.

Ich machte mich auf den Weg zur nächsten U-Bahnstation. Zwar war es Wochenende und ich hatte rein gar nichts vor, aber ich wollte die vierzig Pfund in meiner Brieftasche zusammenhalten. Wer wusste schon, wann Nachschub kam?

„Ruby!“

Etwas irritiert blickte ich vom Gehweg auf und sah, dass Tyler neben mir an den Straßenrand gefahren war, womit er nachhaltig die Fahrbahn blockierte und von ein paar anderen Fahrzeugen die Hupe zu hören bekam. Anders als vor seinem Haus, befand sich hier kein Haltestreifen.

Durch die heruntergelassene Seitenscheibe rief er: „Steig ein, Ruby!“, und winkte mich heran.

Ich erhaschte den grimmigen Blick des Fahrers im Folgewagen. Mir kam es vor, als würde sein Hupen auch mir gelten. Ohne groß darüber nachzudenken, kletterte ich zu Tyler in den Sportwagen. Er fuhr an, bevor ich auch nur angeschnallt war, um die Spur wieder freizugeben. Der Ruck der Beschleunigung vibrierte fast so stark in meinem Magen wie die Erleichterung darüber, dass Tyler doch noch zu unserer Verabredung aufgetaucht war.

„Zum Glück warst du noch da“, erklärte er und kontrollierte seine Uhr. Dann fluchte er. „Die Verspätung tut mir wirklich leid, Ruby. Es hat heute länger gedauert und ich bin einfach nicht aus der Bank rausgekommen. Du musst mir unbedingt deine Handynummer geben, damit ich dich nächstes Mal anrufen kann, wenn so etwas ist.“

Ich hakte den Sicherheitsgurt ein und lehnte mich im Sitz zurück. Angenehm warme Luft drang aus den Düsen und ich hielt meine verfrorenen Hände davor. „Das würde nicht viel nutzen, denn ich habe gerade kein Guthaben auf dem Telefon.“

Tyler runzelte die Stirn und warf mir einen geschockten Blick zu. „Du hast doch jetzt Geld. Wieso hast du kein Guthaben?“

„Das ...“

... habe ich für meine anderen Rechnungen ausgegeben, aber es hat nicht gereicht.

Unbedarft zuckte ich die Schultern. „... habe ich vergessen. Stimmt.“

Er sah mich prüfend an. Dann wanderte sein Blick zu

meinen Händen. „Hast du die ganze Zeit in der Kälte gestanden?"

Ich nickte und er stellte mir die Sitzheizung unter dem Hintern an.

„Dein Pförtner hat mich abgefangen. Er wollte wissen, zu wem ich will, und ich habe deinen Namen genannt. Dann hat er oben in deiner Wohnung angerufen, aber du warst ja nicht da. Er lässt wohl nur Leute im Foyer warten, die er kennt oder die ihm angekündigt wurden."

„Verdammt. Tut mir leid. Seit es zuletzt ein paar Vorfälle gab, sind sie fast so paranoid wie die Security am Flughafen. Ich werde denen nachher Bescheid geben, aber vorher gehen wir was essen. Ich verhungere."

Essen klang gut. Ich konnte bloß hoffen, dass Tyler einen günstigen Imbiss an der nächsten Straßenecke ansteuerte.

„Wo wolltest du denn gerade hin?", fragte er mich.

„Du warst ja nicht da. Ich dachte, du versetzt mich, und deshalb ..."

„Wolltest du etwa wieder in diesen Schmuddelklub?" Er wirkte fassungslos, obwohl er dort selbst Gast gewesen war.

„Anfangs habe ich noch darüber nachgedacht", gab ich zu. „Ob dein Fehlen nicht ein Wink wäre, das alles sausen zu lassen."

„Ruby ..." Er legte seine Hand auf mein Bein. „Ich würde dich nicht sitzenlassen. Ich halte mein Wort."

„Ich dachte ja nur, weil du gestern im Grunde nicht wirklich viel von der ganzen Sache gehabt hast ..."

Er stieß einen entgeisterten Laut aus. „Soll das ein Scherz sein? Die letzte Nacht war wundervoll. Ich will dich wirklich gerne öfter sehen."

Ich spürte, wie mir die Hitze ins Gesicht schoss, als er mich so intensiv ansah. Wir standen an einer roten Ampel und Tyler nutzte die Gelegenheit, mich zu betrachten. Ja, ich konnte ihm wohl vertrauen. Auch was den Punkt betraf, dass er mit meiner Familie nicht über mein Einkommen sprechen würde. Er war kein lausiger Kerl und irgendwie schien er sich etwas aus mir zu machen. Und dann war da noch der nicht unbedeutende Umstand, dass ich mir wünschte, dass er mich aus meiner bisherigen Situation herausholte und alles irgendwie besser werden würde.

Erleichtert lächelte ich ihn an und als die Ampel auf Grün sprang, fuhr er weiter. Ich überlegte gerade, ob wir wohl ganz klassisch Fish & Chips oder doch eher chinesisch essen gehen würden, als Tyler seinen Wagen vor einem Restaurant stoppte, das einen Einparkservice hatte.

Er wollte bereits aussteigen, doch ich hielt ihn am Arm zurück. „Bitte nicht, Tyler."

Verwundert sah er mich an. „Aber das ist ein tolles Restaurant. Ich komme oft hierher."

„Nimm es mir nicht übel, aber in so einem feinen Schuppen würde ich mich unwohl fühlen." Etwas hilflos deutete ich auf meine unspektakuläre Kleidung, während Tyler noch in seinen eleganten Arbeitssachen unterwegs war. Wenn ich wenigstens jenen roten Mantel mein Eigen nennen könnte, dann wäre ich mit Freude hineingegangen und hätte mit Mann und Mantel angegeben. Doch so wirkte ich wie eine graue Maus an seiner Seite.

„Ruby, es ist kein Sterne-Restaurant."

„Schau mal, ich sehe aus wie deine Putzfrau. Könnten

wir nicht einfach woanders hingehen?“

„Das mit der Putzfrau finde ich zwar nicht ...“ Trotzdem nickte er. „Aber wenn du dich dann wohler fühlst. Ich kenne noch ein anderes Lokal mit guter Küche, das viel einfacher ist.“

„Klingt perfekt.“ Dankbar nickte ich und Tyler startete den Wagen und fuhr dem Einparkburschen davon.

Schließlich landeten wir in einer Wirtschaft, die ich nicht unbedingt als einfach wirkend bezeichnet hätte. Wenigstens spielten keine Geiger Vivaldi. Wir wurden an einen feinen Tisch geführt, auf dem sich eine weiße Tischdecke, Orchideen und stilvoll gefaltete Servietten befanden.

Angestrengt studierte ich die Speisekarte. Die Preise waren völlig abschreckend und überstiegen mühelos meine Notreserve von vierzig Pfund. Ohne Unterlass wurde mir an Tylers Seite unser Standesunterschied bewusst.

„Schon was gefunden?“, erkundigte er sich und lockerte seine Krawatte.

„Das sieht alles so gut aus“, tat ich mich schwer.

Er grinste zufrieden. „Sag ich doch.“

„Ich bin nur gar nicht hungrig. Ich glaube, mir reicht ein Salat und ein kleines Wasser“, log ich. Dabei hatte ich ein Loch im Bauch, weil ich in letzter Zeit als einzige Mahlzeit nur noch zu Abend aß und entsprechend wenig gegessen hatte. Im Grunde beschränkte es sich bisher auf einen Schuss Sahne im Kaffee. Von Kaffee war ich wirklich abhängig, doch das war auch meine einzige Sucht.

Tyler runzelte die Stirn. „Salat und Wasser?“

Ich lächelte unverbindlich.

„Salat und Wasser“, wiederholte er.
Unsicher sah ich zur Seite und nickte.
„Salat und Wasser ...“ Er lehnte sich im Stuhl zurück und rieb sich über den Kopf. „Das erinnert mich an die Versorgung meines Hasenstalls, als ich früher klein war.“
Mein dünnes Lächeln gefror. Machte er sich über mich lustig? In dem Punkt war ich wirklich dünnhäutig.
„Die Salate hier sind ziemlich klein“, informierte er mich.
„Das macht nichts.“
Sein Gesichtsausdruck machte mir deutlich, wie er das sah. „Dir ist hoffentlich klar, dass ich dich einlade, oder?“
Ähm …
Eigentlich nicht.
Ich hatte noch nie reiche Freunde gehabt. Dort, wo ich herkam, luden Kerle ihre Mädchen allenfalls zu McDonalds oder Kentucky Fried Chicken ein, falls man die Rechnung nicht einfach sogar durch zwei teilte und die einzige Aufmerksamkeit des Mannes darin bestand, das Tablett zu tragen. Meinen letzten Freund hatte ich irre spendabel gefunden, weil er mich sogar ins Pizza Hut ausgeführt hatte. Dafür hatten wir dann auf der Rückbank seines Wagens herumgefummelt.
Soweit ich wusste, stammte Tyler aus keiner von Grund auf reichen Familie. Etwas mehr Geld als bei uns war zwar da gewesen, aber nichtsdestotrotz war er mit meinem Bruder auf dieselbe normale Schule gegangen. Nein, er hatte fleißig und zielstrebig die Karriereleiter erklommen. Dafür bewunderte ich ihn. Mir war nichts Besseres eingefallen, als mich auszuziehen.

„Ruby?“ Er seufzte. „Können wir für die Zukunft bitte festlegen, dass ich dich grundsätzlich einlade, wenn wir etwas unternehmen?“

Verlegen nagte ich an meiner Unterlippe. „Okay.“ Ich schluckte. „Danke.“

Tyler nickte und lächelte. „Willst du immer noch bloß Salat und ein kleines Wasser?“

Schmunzelnd schüttelte ich den Kopf und suchte mir ein richtiges Gericht heraus.

Später saßen wir vor unseren Speisen. Die Portionen waren nicht riesig, doch das war ich ohnehin längst nicht mehr gewohnt, und dafür duftete alles köstlich. Zufrieden seufzte ich, als ich von meinen Cannelloni kostete.

„Ich bin froh, dass es dir schmeckt“, sagte Tyler und nahm sein Weinglas auf. Dann toastete er mir zu. „Und ich bin froh, dass du mich zum Essen begleitet hast. Das ist viel angenehmer, als alleine hier zu sitzen oder immer nur Geschäftstermine zu haben.“

„Das glaube ich dir gern.“ Ich verstand von Geld wirklich nicht allzu viel, außer dass es schön sein musste, welches zu haben, und ich stellte mir seinen Job knochentrocken, anstrengend und sehr langweilig vor. Außerdem trug er bestimmt viel Verantwortung. „Dein Wochenende ist ja ziemlich kurz, wenn du bis nachts arbeitest.“

Er nickte. „Nächste Woche habe ich mir aber freigenommen. Mein letzter Urlaub ist zwei Jahre her.“

Ungläubig schaute ich ihn an. „So lange?“

Tyler zuckte die Schultern und trank von seinem Wein. „Ich war sehr beschäftigt.“

Plötzlich fühlte ich mich ziemlich bedrückt und spielte

nervös mit meiner Gabel. „Dann fährst du wohl weg und bist gar nicht da, hm?“

Er hielt im Essen inne und musterte mich. „Doch, ich bin da, Ruby.“

Mir fiel ein Stein vom Herzen. Unser Abenteuer hatte gerade erst begonnen, da wollte ich nicht schon alles verlieren. Bei der Art, wie er mich so ansah, stahl sich ein verlegenes Lächeln auf meine Lippen.

„Hättest du mich denn vermisst?“

Oh.

Ertappt nahm ich einen Schluck von meiner Cola. Ich wollte nicht, dass er mein Innenleben kannte, also zuckte ich leichthin mit den Schultern.

„Ich wollte nur nicht gleich wieder arbeitslos sein“, neckte ich ihn. „Außerdem zahlst du gut.“

Tyler lächelte sanft und schien sich seinen Teil zu denken. „Warum tanzt du eigentlich?“

Ich runzelte die Stirn. Sicher wusste er, dass ich es des Geldes wegen tat. „Was meinst du?“

Er schnitt sich von seinem Steak ab. „Du hast doch früher nie getanzt.“

Ach, so.

„Es war spontan.“

„Es gibt viele Wege, Geld zu verdienen.“

„Für dich vielleicht“, rutschte es mir heraus. Dann seufzte ich und schob die Cannelloni auf meinem Teller herum. „Ich war arbeitslos, okay? Jeder Mensch hat Rechnungen und ich auch.“

Bei dem Thema fühlte ich mich kein bisschen wohl, aber Tyler war es als Banker wohl gewohnt, über Geld zu sprechen.

„Was ist mit deiner Familie? Oder Sozialleistungen?“

Damals hatte ich auch angenommen, dass es leichter wäre, staatliche Hilfen zu beantragen. Ich hatte das wirklich vorgehabt und schon in der Kälte eines Londoner Dezembermorgens vor den frisch geöffneten Türen einer Behörde gestanden. Aber meine Füße waren regelrecht am Pflasterstein festgeklebt und der Gedanke, dort drinnen eine Nummer zu ziehen und registriert zu werden als jemand, der es im Leben einfach nicht geschafft hat, für sich selbst zu sorgen, war zu furchtbar gewesen.

Dabei hielt ich soziale Hilfen wirklich für gut. Gut für andere. Niedergeschlagen war ich zu meiner kleinen Wohnung zurückgekehrt, die trotz ihrer bescheidenen Größe und der schlechten Lage nun mal Miete kostete. Ich hatte mit keinem Schuldenberg dahocken wollen. Also hatte ich gehandelt.

„Tyler, ich will für mich selbst sorgen. Ich möchte weder von meinen Eltern, noch von den Behörden abhängig sein. Ich habe auch meinen Stolz."

Er sah mich leicht befremdet an – und ja, ich wusste wie seltsam das mit dem Stolz klang, obwohl ich mich für Geld auszog.

Er nippte an seinem Wein. „Und wie lief es so als Tänzerin? Kommst du finanziell klar?"

Vermutlich wollte er wirklich nur wissen, wie es mir ging, doch ich hielt die Frage für ziemlich naiv. „Ich bin mit dir mitgegangen, oder nicht?"

Da lag es doch auf der Hand, dass es mir nicht reichte.

Sein leidenschaftlicher Blick traf mich. „Ich dachte, dass du vielleicht lieber nur für mich arbeiten willst, als im *Sinful Pleasures*."

Auf das Tanzen dort war ich wirklich nicht scharf

gewesen. Ich war nicht eines Morgens aufgewacht und hatte gedacht: *Das ist es. Ich will unbekleidet vor Männern tanzen und meine Brüste vor ihren Augen schaukeln lassen, bis sie sich einen runtergeholt haben.*

Und ganz sicher hatte ich nicht schon als kleines Mädchen davon geträumt, wobei der Traum, eine Ballerina zu sein, durchaus mal dabei war. Dabei hatte ich nie Ballettunterricht gehabt. Das war einfach zu teuer gewesen.

Vage zuckte ich mit den Schultern. „Ich hatte die Arbeit dort schon ein bisschen satt."

Irgendwie wollte ich nicht zugeben, dass ich auch deshalb mit ihm mitgegangen war, weil er nun mal der attraktive Tyler von früher mit diesem lodernden Blick war. Vieles von dem, was sich gestern zwischen uns abgespielt hatte, war seinetwegen passiert und hätte weiß Gott nicht mit jedem beliebigen Mann stattgefunden.

Seine Augen nahmen mich gefangen. Es war, als würde er mich mit ihnen liebkosen und die Luft zwischen uns zum Knistern bringen. „Bitte sag's mir, Ruby: Wie bist du aufs Tanzen gekommen? Es hat dich doch niemand dazu gezwungen, oder?"

Ich schüttelte den Kopf. „Nein. Um ehrlich zu sein, hast du mich auf die Idee gebracht."

Seine Verwirrung stand ihm deutlich ins Gesicht geschrieben. „Ich? Das musst du mir erklären."

„Weil du David früher in diesen Klub geschleppt hast."

Als ich vor ein paar Monaten arbeitslos und abgebrannt schlaflos im Bett gelegen und mit wachen Augen an die Decke meines Zimmer gestarrt hatte, die durch die Außenlaterne nie wirklich dunkel wurde, waren mir Erinnerungen an alte Zeiten in den Sinn gekommen, in denen es für mich besser gelaufen war. Damals hatte ich noch einen ordentlichen Job in der Produktion einer Konservenfabrik gehabt, die es inzwischen nicht mehr gab. Vermutlich wurde nun alles im Ausland verpackt. Aber zu jener Zeit war ich noch völlig sorglos und guter Dinge gewesen. Ich wusste noch, wie aufgeregt ich wegen Davids und Marys Hochzeit gewesen war, für die ich mich um die Blumendekoration gekümmert hatte. Bei der Gelegenheit war mir auch Tyler durch den Kopf gegangen.

Tyler Barnes. Er hätte fast alles ruiniert.

Ich hatte ihn als ambitionierten Typen im Gedächtnis behalten, der meinem Bruder am Abend vor seiner Hochzeit eine exotische Tänzerin besorgt hatte. Mir war der Streit eingefallen, den wir gehabt hatten. Jene Glut in Tylers Augen, als ich ihn beschimpfte. Das war alles lange her. Trotzdem war mir in jener Nacht eingefallen, dass ich tanzen gehen könnte.

Es war schon seltsam, durch was für Umstände man manchmal auf Ideen kam.

Tyler schluckte sein Steak herunter. „Ich erinnere mich daran, dass du mich einen notgeilen Hurenbock genannt hast."

Ein Grinsen stahl sich auf mein Gesicht. „Das mit der nackten Tanzmaus war wirklich keine Glanzleistung."

„Sie war doch gar nicht für mich. Es gab keinen Grund, mich deswegen so zu nennen."

Ich schüttelte den Kopf. „Mary ist so ein zartbesaiteter Mensch. Wenn sie David mit einer Stripperin auf dem Schoß erwischt hätte, wie sie ihm die nackten Brüste ins

Gesicht quetscht … Zum Glück lief alles glatt."

Er krauste die Stirn und starrte mich an. „Weißt du es etwa nicht?"

„Was denn wissen?" Ich kaute auf einer Cannelloni herum.

„Irgendjemand muss Mary davon erzählt haben. Sie hielt mich für einen untragbar schlechten Einfluss und hat mir ein Ultimatum gestellt: Ich musste ihr versprechen, mich von euch fernzuhalten, oder sie hätte die Hochzeit tatsächlich abgeblasen."

Ich hatte das Gefühl, als hätte er mir soeben mit einem Staubsauger alle Gedanken aus dem Kopf gezogen. „Hast du dich deshalb nicht mehr gemeldet?"

Tyler nickte vage. „David und ich waren Kumpel, aber nicht die weltbesten Freunde überhaupt. Er hat genügend andere Freunde, aber es gibt bloß eine Frau zum Heiraten, richtig? Da fand ich meine Entscheidung nicht schwer."

„Aber ..." Sprachlos stierte ich ihn an.

„Zu der Zeit hatte ich nicht immer gute Ideen und es stimmt schon, dass ich David zu vielem Unsinn angestiftet habe, ohne dass es mir schlimm erschien. Ich habe Mist gebaut. Das hast du selbst gesagt." Er stieß den Atem aus. „Und wie du mir das gesagt hast."

Sein Blick brannte wie damals.

„Ich hatte keine Ahnung", flüsterte ich.

Sein Augenlid zuckte. „Dann bin ich froh, dass du mich nicht bei Mary verpfiffen hast."

Ich schnappte nach Luft. „Dachtest du das etwa? So was würde ich nie machen."

Er nickte. „Ich war mir nicht sicher. Du hattest wirklich Feuer im Hintern."

Offensichtlich hatte er unseren Streit auch nie vergessen. „Das mit der Beleidigung tut mir leid.“

„Dein Temperament hat mich früher total angemacht“, gestand er grinsend.

Dann war sein lodernder Blick damals nicht nur Wut, sondern auch Lust gewesen? Ich war ganz schön blind gewesen. Ich hatte angenommen, er würde gleich durch die Decke gehen und nicht scharf auf mich sein.

„Wieso hast du nichts gesagt?“

Er wirkte nachdenklich. „Hätte das denn was genutzt? Eigentlich wäre ich gerne mal mit dir ausgegangen, aber das kam mir ziemlich zwecklos vor. Nicht bloß, weil ich deutlich älter war, sondern auch, weil du bei mir immer auf Konfrontationskurs gegangen bist. Und nach der Sache mit Mary war es sowieso besser, dass ich mich fernhielt.“

Erschöpft rieb ich mir die Stirn. Tyler hatte also früher auf mich gestanden. Ich versuchte gar nicht erst, mir vorzustellen, was in meinem Leben alles hätte anders laufen können. Vorbei war vorbei.

Er nickte zu meinem fast leeren Teller. „Möchtest du noch etwas haben?“

Irgendwie war mir der Appetit vergangen und ich lehnte freundlich ab. Während Tyler sich die Rechnung geben ließ, verschwand ich auf die Toilette. Ich spritzte mir kaltes Wasser ins Gesicht und ordnete meine Gedanken.

Es tat gut, dass er mich einmal nicht beobachtete, weil ich in seiner Gegenwart nicht besonders klar denken konnte. Die ganze Zeit hatte ich ihn für einen Tunichtgut gehalten, dabei hatte er sich ehrenhaft aus der Geschichte verabschiedet, damit David seine Hochzeit haben konnte. Obwohl er zwar Stripperinnen buchte, respektierte er die Bedeutung der Ehe.

Er war nicht klammheimlich abgetaucht und hatte David hängenlassen, weil ich ihn beschimpft hatte. Denn das hatte ich auch geglaubt und mir manchmal Vorwürfe deswegen gemacht. Er war meinem Bruder ein guter und uneigennütziger Freund gewesen.

Ziemlich aufgewühlt nahm ich meine Tasche und lief wieder vor.

ꟷ 6 ꟷ

Ich betrachtete die strahlenden Gebäude auf der anderen Flussseite. Die Aussicht aus Tylers Fensterfront war wirklich fesselnd. Die Fahrt in seine Wohnung hatten wir ziemlich schweigend verbracht. Ich hatte keine Ahnung, was er heute von mir wollte, und die Puzzlestücke, die er mir über die Ereignisse von damals zugespielt hatte, hatten mich fortwährend beschäftigt. Genauso wie sein Geständnis, dass er seinerzeit mit mir hatte ausgehen wollen.

„Ich hoffe, du bist nicht so satt, dass du dich nicht mehr rühren kannst“, sagte er hinter mir und ich sah ihn in der Spiegelung der Scheibe auf mich zukommen.

Meine Haut kribbelte bei der Vorstellung, mich wieder für ihn auszuziehen. „Nur tanzen?“

Tyler strich mit der Hand durch mein Haar. „Wir werden sehen.“

Sanft, aber bestimmend, drehte er mich zu sich herum. Er ragte so nah vor mir auf, dass ich sein Aftershave riechen konnte. Herb und verführerisch. Tyler berührte mit seinen Fingerspitzen meine Lippen und ich bekam Gänsehaut. Sein glühender Blick klebte an meinem Körper.

Heute hatte ich mir extra einen Rock angezogen, weil es viel leichter war, den auszuziehen, als die Röhrenjeans. Tyler wanderte mit seinem Blick an mir auf und ab. Er wirkte unruhig und getrieben. Dann starrte er mir sekundenlang auf den Mund. Meine Kehle wurde trocken und ich räusperte mich.

„Dann setz dich doch am besten wieder auf die Couch“, schlug ich vor.

Er blieb noch einen Moment vor mir stehen, so als müsste er sich erst dazu durchringen, von mir abzurücken. Doch er tat es und folgte meiner Bitte. Auf dem Weg zum Sofa schaltete er seine Musikanlage wieder ein. Anscheinend hatte er sich auf den Abend vorbereitet, denn es spielte ein anderer Song als gestern. Die Musik von heute klang verführerisch und sinnlich. Wie ein Versprechen von Sex. Aber schließlich hatte Tyler ja behauptet, dies alles sei Sex. Und wenn er mir so nahekam wie eben, war ich gewillt, ihm das zu glauben.

Kurz schloss ich die Augen und ließ mich auf die Melodie ein, bis ich sie in meinem Körper zu spüren begann. Dann schlug ich meine Lider wieder auf und nahm den Tanz auf. Dieses Mal kam es mir nicht ganz so fremd vor wie gestern. Außerdem war der Rock eine große Erleichterung. Dadurch fühlte ich mich freier.

Tyler machte es sich auf der Couch gemütlich und zog sich sein Hemd aus. Dabei entblößte er seinen muskulösen Oberkörper. Wow. Der Mann war verdammt gut trainiert. Eindeutig verlor er damit das geschäftliche Aussehen eines Bankers. So privat und *legere* gekleidet, hatte er gewisse Vorzüge. Ob er in seiner Freizeit wohl gerne wenig trug? Das Bild eines nackt schlafenden Tylers geisterte durch meinen Kopf und ich musste mich zusammenreißen, um zu tanzen, als wenn gar nichts wäre.

Tylers Blick folgte mir durch den Raum. Er sah mir zu, als ich mich auf seinem Couchtisch räkelte. Sah mir zu, als ich auf allen Vieren über seinen Boden auf ihn zu krabbelte, als wäre ich eine verführerische Katze, die auf der Suche nach einem streunenden Kater für ein wenig Spaß in ihrem Leben war.

Als ich vor seinen Beinen auftauchte, zwinkerte ich ihm zu und strich mit den Händen an seinen Oberschenkeln entlang. Dann drehte ich ihm meinen Rücken zu und kreiste mein Becken für ihn. Dabei zog ich den Reißverschluss meines Rockes auf, ließ ihn zu Boden gleiten und stieg aus ihm heraus.

Doch als ich mich mit schaukelnden Hüftbewegungen zu Tyler umwendete, erstarrte ich in meinem Tanz. Er hatte seine Hose geöffnet und sie zusammen mit seinen Shorts tiefer gezogen. Nun hielt er seinen harten Schwanz in der Hand und massierte sich selbst, während er mich betrachtete.

„Mach weiter, Ruby“, verlangte er mit kehliger Stimme. Sein Blick war so verklärt, als hätte ich ihm Opium verabreicht.

„Was tust du da?“, stammelte ich und machte drei Schritte rückwärts, bis mich der Couchtisch in der Kniekehle bremste.

Tyler blieb völlig ruhig und rieb sanft an seinem Schaft entlang. „Dasselbe, was ich in der Kabine gemacht hätte, wenn du dort für mich tanzen würdest.“

Ich hatte das nie sehen müssen. Klar hatte ich gewusst, was die Männer da taten, doch es war etwas völlig anderes, Tyler hautnah dabei zu erleben, wie er seinen erigierten Penis rieb und sich sein Gesichtsausdruck davon veränderte.

Mein Atem ging ziemlich stoßweise und ich starrte auf sein nacktes Glied, das ich bisher noch nie zu Gesicht bekommen hatte. Es sah ziemlich eindrucksvoll aus, um genau zu sein. Tyler war wirklich großzügig ausgestattet. Mein erstes Mal hätte ich jedenfalls nicht mit ihm erleben wollen. Trotzdem zog sich bei dem Gedanken, wie es sich mit ihm anfühlen würde, mein Innerstes zusammen. Diese Vorstellung traf mich in etwa so unvorbereitet, wie es sein Anblick getan hatte.

„Komm näher, Ruby“, raunte er.

Die langsame Musik mit dem sinnlichen Takt hüllte den Raum ein. Stockend machte ich einen Schritt auf ihn zu und blieb dann wieder stehen.

„Noch näher“, verlangte er.

Ich starrte auf seine reibende Hand und die beschnittene Eichel, die immer wieder zwischen seinen Fingern zum Vorschein kam. Mir war heiß. Heiß und schwindlig.

„Komm zu mir“, wiederholte er.

Ich besann mich auf meinen Job und redete mir ein, dass er recht hatte. Ich sollte für ihn dieselbe Leistung abliefern, wie im *Sinful Pleasures*. Langsam fügte ich mich zurück in den Rhythmus der Musik, den auch Tyler für seinen Handjob aufgenommen hatte.

Noch immer ziemlich unbeholfen konzentrierte ich mich auf meinen Tanz und legte nach und nach meine

Kleidung vor ihm ab. Unter halb geöffneten Lidern ließ er mich nie aus den Augen. Sein Brustkorb hob und senkte sich inzwischen stärker, doch Tyler blieb eisern beim Takt der Melodie. Schließlich stand ich vollkommen nackt vor ihm.

„Stell dein Bein neben meines."

Ich schluckte und platzierte es neben ihm auf der Couch. Nun war es für ihn angewinkelt und er konnte mich genau betrachten.

„Nimm deine Arme über dem Kopf zusammen, als würdest du dich am Kopfteil meines Bettes festhalten."

Mein Herz hämmerte wie verrückt von dieser Fantasie. Fügsam tat ich, was er verlangte, weil es schließlich das war, wofür er mich bezahlte. Wenn ich seinerzeit schon für eine Einladung zu *Pizza Hut* Petting auf der Rückbank meines Freundes haben konnte, dann sollte ich jetzt erst recht für Tylers Großzügigkeit tanzen können.

Ja. Im Grunde schon. Aber alles fühlte sich so anders an.

Ich hielt meine Hände über dem Kopf zusammen und fasste immer wieder durch mein Haar, weil ich nun einmal gerade kein Bettgestell hatte, an das ich mich hätte klammern können.

„Ich will, dass du dich im Takt der Musik bewegst. Nie schneller. Nie langsamer ..."

Unsicher schaute ich ihn an. Wo blieb der Haken? Denn das machte ich bereits. „Okay."

„... Und dabei will ich, dass du dein Becken vor mir bewegst, als würden wir Sex haben."

Sein Wunsch landete als nervöses Flattern in meinem Leib. Das war auch Tylers Rhythmus. Er würde denselben haben. Auf die Weise konnte er sich vorstellen, dass wir wirklich miteinander schliefen. So als würde ich ihn reiten, während er es sich in Wahrheit nur selbst besorgte.

Das Dumme war jedoch, dass ich mir nichts anderes ausmalte als er sich. Trotzdem gab ich mir Mühe, professionell zu bleiben. Ich nahm den Takt der Musik in meinen Hüften auf und bewegte sie unermüdlich vor ihm. Ich hatte noch nie bloß so getan, als würde ich einen Kerl minutenlang reiten. Das war wie Trockenschwimmen. Allerdings war nichts an dieser Sache trocken. Es erregte mich und die Vorstellung von Sex mit Tyler ergriff mit jeder Wellenbewegung meines Beckens Besitz von mir.

Ich sah genau, wie ihm der Schweiß auf die Stirn trat und wie er die Zähne zusammenbiss, während er seine Lippen sinnlich und gleichzeitig gequält vor Lust verzerrte. Sein Anblick war verdammt heiß, also schloss ich die Augen, um ihn nicht mehr sehen zu müssen. Nur noch fühlen. Nur noch tanzen. Und irgendwie – irgendwie – Tyler ausblenden.

„Sieh mich an, Ruby“, verlangte er und seine Stimme rüttelte mich aus meinem Vorhaben heraus. „Ich will, dass du mich beobachtest, wenn ich komme.“

Gut, er hatte mich auch schon dabei betrachtet. Aber es kam mir fast noch schwerer vor, nun ihm dabei zuzuschauen. Als er mich verwöhnt hatte, hatte ich mich wenigstens nicht zu beherrschen brauchen. Am liebsten wollte ich ihn ohrfeigen und beißen für das, was er mit mir tat. Aber gleichzeitig wollte ich ihn abschlecken und meine Finger in seine Haare und seinen Rücken krallen. Er brachte mich völlig durcheinander und beschwor eine

Leidenschaft in mir herauf, die ich für ihn gar nicht empfinden wollte. Denn sie machte meinen Job nicht mehr nur zu einer Dienstleistung. Mir entglitt jede Distanz zu ihm. Aufgewühlt und mit rasendem Puls starrte ich ihn an.

Tyler änderte seinen Takt nicht, als wären seine Bewegungen Sklaven der Musik, doch ich erkannte deutlich, dass er nun viel fester zupackte. Diese Härte in seiner Hingabe ließ mich stöhnen, während ich mein Becken einen halben Meter von ihm entfernt tanzen ließ. Schweiß klebte auf meinem ganzen Körper. Es fühlte sich so an, als ob es in seiner Bude hundert Grad heiß wäre.

Auch Tyler stöhnte. Er ließ seinen Kopf in den Nacken sinken, während sein Arm unermüdlich weiterarbeitete. Dann blickte er zu seinem Schwanz herunter und anschließend zu mir herauf. Er hielt meinen Augenkontakt wie eine Fessel.

Ich starrte ihn selbst halb berauscht an. Sein Gesicht verkrampfte sich. Die letzten Sekunden geriet er doch noch aus dem Takt und dann spritzte sein Samen rhythmisch aus der Eichel. Er landete auf Tylers flachen Bauch, dem rechten Unterarm und seiner Hand. Keuchend umklammerte er seinen erschlaffenden Penis und legte erschöpft den Kopf nach hinten auf die Lehne. Er saß einfach nur so da und rang nach Atem.

Tylers Brustkorb glänzte unter einer dünnen Schweißschicht. Zitternd nahm ich die Hände aus meinem Haar und trat einen Schritt von ihm fort, um ihn nicht doch noch anzufassen. Ich brauchte diesen Job. Auch wenn er viel zu persönlich geworden war und rein gar nichts mehr mit meinen sterilen Gefühlen aus dem

Klub zu tun hatte, wollte ich die Arbeit bei Tyler nicht verlieren.

So erlöst, wie er gerade aussah, hatte ich ihn noch nie gesehen. Der Mann war heiß. Lebend gewordener Sex. Ich musste wirklich aufpassen. In mir drin brodelte noch immer meine ganz eigene Erregung, denn ich fühlte mich so ausgehungert wie schon lange nicht mehr. Das würde ich zu Hause selbst beheben müssen. Tyler war jedenfalls nicht mein Angestellter.

Er öffnete seine Augen und stieß geräuschvoll den Atem aus. „Danke, Ruby. Das war genau richtig."

Ich leckte über meine Lippen, riss mich am Riemen und lächelte ihn möglichst unverbindlich an. „Dafür bezahlst du mich schließlich."

Sein schmaler Blick war unergründlich. Befriedigt und lauernd zugleich musterte er meinen unverhüllten Körper. „Willst du dir noch einen Zwanziger verdienen?"

Tylers Stimme klang beinahe so kontrolliert wie über den Lautsprecher in der Kabine.

Ich schluckte und zuckte die Schultern. „Deswegen bin ich doch hier."

Die Leichtigkeit, die wir vorhin beim Essen noch geteilt hatten, war verschwunden. Ich konnte mich nicht einmal mehr zu einem koketten Zwinkern durchringen. Er war mein neuer Job. Ich brauchte dringend emotionalen Abstand. Weder war er mein neugewonnener Kumpel, noch mein Liebhaber. Tyler bezahlte Frauen. So einfach war das. Es fühlte sich nur leider ziemlich kompliziert an. Verdammte Hormone.

Langsam setzte er sich ein Stück auf und nickte zu seiner Küchenzeile. „Würdest du dir ein paar Blätter von der Küchenrolle schnappen, sie nassmachen und mich reinigen.“ Er deutete auf die Spuren seiner Körperflüssigkeit und wölbte fragend seine Augenbraue.

„Okay.“ Ablenkung war gut. Hier herumstehen und sich gegenseitig anzustarren, brachte jedenfalls nur merkwürdige Gefühle in mir hoch.

Mit weichen Knien lief ich zu seinem Spülbecken. Ich versuchte, mich auf die zwanzig Mäuse extra zu besinnen, die mir diese Beschäftigung einbrachte.

„Wenn’s geht, bevorzuge ich warmes Wasser“, sagte er.

Ich stellte den Hahn warm und prüfte die Temperatur mit meinen Fingern. Als sie so angenehm war, dass ich am liebsten im Spülbecken gebadet hätte, machte ich ein paar Haushaltstücher feucht, klemmte mir die trockene Rolle unter den Arm und kehrte zu ihm zurück.

Tyler heftete seinen Blick auf mich und bemerkte meine zitternde Hand.

„War das Wasser so kalt?“, zog er mich auf.

Ich räusperte mich. „Nein, alles okay.“

„Du zitterst aber.“

Ich sog die Luft ein, kniete mich vor ihn hin und wollte das Tuch mechanisch ansetzen, ohne auf seinen Kommentar einzugehen.

Tylers Hand schloss sich um meinen Unterarm. „Kannst du es so machen, als würdest du mich nicht nur einfach abwischen? Ich würde mir dabei gerne vorstellen, dass das Tuch deine Zunge ist.“

Ein Schaudern lief über meinen Rücken. So würde ich meine bebenden Hände bestimmt nicht loswerden. Ich nickte standhaft. „Klar.“

Das war nur ein Job. Das war nur ein Job. Das war nur

… viel zu schwer.

Ich wickelte mir das Tuch um die Fingerspitzen und setzte es unterhalb seines Bauchnabels an. Mein verräterisches Herz raste, als ich Tyler berührte. So nackt. Seine Haut glänzte im fahlen Licht und betonte jeden seiner wunderschönen Muskeln nur noch mehr. Eine feine Spur heller Härchen lief vom Nabel abwärts zu seinem Geschlecht. Er hatte sein Glied inzwischen losgelassen und es lag weich auf seinem Bauch. Dafür hielt er seine Hoden locker in der Hand und streichelte sie gedankenverloren.

Bei dem Anblick verkrampften sich meine Finger und ich biss die Zähne zusammen. Mühsam beherrscht strich ich über seine Haut und tupfte das Küchenpapier über die klebrigen Spuren seiner Lust. Als ich so über ihn gebeugt war, legte er seine freie Hand zwischen meine Schulterblätter. Erschrocken schaute ich zu ihm auf.

„Entspann dich, Ruby. Mach einfach weiter.“ Ein sanftes Lächeln spielte um seinen Mund und der Blick aus seinen Augen war so zärtlich, dass ich das Gefühl hatte, an einer Kette in sie hineingezogen zu werden.

Eilig sah ich auf seinen Schoß und arbeitete weiter. Zwischendurch wechselte ich das Tuch und rieb mit einem trockenen Papier nach, damit er nicht fror. Doch ich spürte überdeutlich seine gespreizten Finger in meinem Rücken, die mich versonnen streichelten. Damit wollte er mich wohl beruhigen, doch seine Nähe war wenig dazu gemacht, mich zu entkrampfen. Überdies wurde mein Blick immer wieder magisch von seiner anderen Hand angezogen, die nach wie vor seine Hoden kraulte.

Es machte mich nervös, ihm dabei zuzusehen und ihm

gleichzeitig so nah zu sein. Ohne dass ich es wollte, ging mein Atem schneller, und ich spürte, wie mir die Wärme ins Gesicht stieg. Besonders als ich mich seinem Penis näherte und ihn abzuwischen begann. Auch wenn das Küchenpapier dazwischen lag, war diese Berührung viel zu intim. Ihn in meinen Händen zu halten, bescherte mir ein flaues Gefühl im Bauch. So, als würde die Achterbahn gleich losfahren.

Angespannt setzte ich meine Arbeit fort. Doch dann bemerkte ich, wie sich sein Penis allmählich versteifte. Offensichtlich hatte Tyler auch ein gewisses Empfinden dabei.

„Tut mir leid“, stammelte ich und ließ ihn los, als hätte ich etwas kaputtgemacht.

„Möchtest du noch mehr machen, Ruby?“, raunte er.

Hastig benetzte ich meine Lippen und stand auf.

„Fertig.“ Meine Stimme klang wie ein dünnes Flüstern.

Aber so leicht konnte ich Tyler nicht entkommen. Er blieb nicht einfach sitzen, sondern erhob sich sofort mit mir. Dabei stand er so dicht vor mir, dass sich unsere Füße berührten. Ich spürte durch seine Socken hindurch seine Zehen an meinen. Atemlos starrte ich auf seine nackte kräftige Brust, seinen Hals und das Kinn mit dem leichten Bartschatten, das sich direkt auf Augenhöhe vor mir befand.

„Komm näher, Ruby“, flüsterte er und drückte mich mit der Hand in meinem Rücken an sich heran. Haut auf Haut. Ich fühlte seinen Körper auf mir, als hätte er mich in Flammen gesetzt.

„Tyler.“ Ich konnte seinen Namen bloß noch keuchen, so sehr blieb mir die Luft weg. Meine Brüste lagen eng an seinen Torso gepresst.

„Noch näher, Ruby.“ Er legte beide Hände an mein Becken und strich mit seinen Daumen über meine Hüftknochen. Dann zog er mich voller Verlangen an sich. Sein erigierter Schwanz drückte an meinen Unterbauch.

„Ruby.“ Tylers Stimme klang samtzart und verführerisch.

Langsam schob er mich auf seine Schlafzimmertür zu, bis ich den Türrahmen in meinem Rücken spürte. Mir fehlten die Worte. Tausende Gefühle brodelten in mir. Ein viel zu großer Teil in mir wollte sich auf ihn einlasen, doch ich spürte auch meinen Widerstand gegen ihn. All die Jahre hatte ich ihn nicht gesehen. Er war ein Fremder geworden.

„Ich will dich küssen“, flüsterte er in mein Ohr und Gänsehaut rauschte über meinen Körper. Er hielt mich noch immer eng umschlungen. Mit der Zunge liebkoste er meine Ohrmuschel. „Und ich will mit dir schlafen ...“ Seine Hand wanderte an meinen Po und knetete ihn gründlich. Ich war völlig betäubt. Doch bei dem, was er danach sagte, hatte ich das Gefühl, plötzlich in ein tiefes Loch zu fallen. „Aber nicht für Geld.“

Er suchte meinen Blick. Meine Beine zitterten wie verrückt und ich hielt mich an seinen Schultern fest. Ich hatte schon lange keinen Sex mehr gehabt. Aber seit ich im *Sinful Pleasures* arbeitete, wollte ich nicht einmal mehr welchen. Doch nun spürte ich das Verlangen in mir wie eine Verdurstende.

Trotzdem war es, als würde eine Stimme der Vernunft in meinem Nacken auftauchen und mich davon abhalten. Ich durfte nicht aus Sympathie mit Tyler schlafen und hinterher erneut für Geld für ihn tanzen. Unser ganzes Arrangement würde daran zerbrechen, doch ich war auf seine Bezahlung angewiesen. Das *Sinful Pleasures* war keine Option mehr. Ich konnte und wollte nicht mehr dorthin zurück.

Mein Bauch brannte vor lauter Zweifeln und Tylers Blick war so durchdringend und sinnlich. Nur mit Mühe und Not schaffte ich es, aus seiner Berührung zu fliehen und an ihm vorbei zu stolpern.

„Ich kann nicht", flüsterte ich und begann, meine Sachen vom Boden zu sammeln. Ich musste einfach hier heraus. Der geschäftliche Teil schien für diese Nacht ohnehin schon abgeschlossen zu sein.

„Ruby ..."

„Ich muss gehen."

Ich schaffte es nicht, ihn anzusehen, aber ich hörte, wie er den Reißverschluss seiner Hose zuzog und die Gürtelschnalle klapperte. Es war nicht schwer zu erraten, dass er sich die Sachen hochgezogen hatte.

„Kann ich dich wenigstens fahren?"

Hilflos winkte ich ab. „Nein, lass mal gut sein. Mein Nachbar denkt ohnehin, dass ich was mit dem Taxifahrer von neulich habe. Wenn ich jetzt mit dir aufkreuze, wird er mich für ein polygames Flittchen halten."

Tyler schnaubte. „Ach, wirklich?"

„Wobei du einen bleibenden Eindruck bei ihm hinterlassen könntest, wenn du ihn künftig zu seinen Arztterminen fahren würdest", erklärte ich und versuchte, damit die Stimmung aufzulockern. Ich steckte meinen Kopf durch mein Shirt und zog es an mir herunter. „Allerdings würde ich dir davon abraten."

Plötzlich strich mir Tyler meine Haare über die

Schulter und ich erstarrte in meiner Bewegung, als ich den Rock anzog. Ich hatte nicht bemerkt, dass er hinter mir aufgetaucht war. Zitternd kleidete ich mich fertig an.

„Ruby."

„Tyler, ich kann wirklich nicht", beharrte ich und drehte mich zu ihm um, nur um verdutzt auf die Scheine in seiner Hand zu gucken.

„Das ist dein Geld für heute." Seine Stimme klang sachlich.

„Oh", hauchte ich und nahm es unsicher an. Er hatte genau hundertzwanzig Pfund abgezählt. Hundert für das Tanzen und zwanzig für das Säubern. „Danke."

Er schob sich die Hände in die Hosentaschen und nickte. Wenn man bedachte, wie nah er mir eben noch gewesen war … Mein Blick huschte zu seiner Schlafzimmertür und mein Puls geriet ins Stocken. Nun stand er eine gefühlte halbe Meile von mir entfernt, obwohl ich nur den Arm zu ihm hätte ausstrecken brauchen, um ihn zu berühren. Dafür hielt er mir nichts mehr entgegen. Seine Hände waren fest vergraben.

Ich schaute zu seinen Hosentaschen und erkannte deutlich, dass von seiner Erregung nicht mehr viel übrig war. Meine Abfuhr schien ihn wie eine kalte Dusche getroffen zu haben.

Wir brauchten uns eben beide nichts vorzumachen. Dies war eine geschäftliche Vereinbarung. Ich dachte an die elegante Blondine zurück, die ich vor seinem Haus beobachtet hatte. Ich war Welten davon entfernt, eine passende Frau für ihn zu sein. Tyler hatte mit mir schlafen wollen. Er hatte nicht um meine Hand angehalten. Er liebte eben Sex, aber nicht mich. Das war in Ordnung. Zumindest war es das all die Jahre gewesen.

„Kannst du morgen eher kommen? Ich habe frei."

Nachdenklich kratzte ich meinen Arm. „Wie kannst du es dir eigentlich leisten, dass ich täglich zu dir komme?"

Sein Haltung war verschlossen und auch sein Gesicht blieb unergründlich. „Das lass mal meine Sorge sein. Ich will dich morgen sehen und ich habe noch ein paar Pläne mit dir." Er ging voraus zu seiner Tür. „Soll ich dir ein Taxi rufen?"

„Nein, draußen stehen ja ganz viele. Ich kann mir eins heranwinken."

Natürlich hatte ich das nicht wirklich vor. Ich war fest entschlossen, meine *Oyster Card* zu nutzen und U-Bahn zu fahren. Ich war ein großes Mädchen und ich suchte mir meine Beförderungsmittel selbst aus.

„Soll ich dir Geld geben?"

Dabei hätte ich nur das Gefühl gehabt, ihn auszunutzen, weil ich ja nicht wirklich Taxi fahren würde. Ich winkte mit den neuen Scheinen in meiner Hand. „Passt schon, danke."

„Dann bis morgen."

Er sah mir zu, als ich in den Fahrstuhl stieg, doch ich hatte das Gefühl, dass sich die Türen gerade für länger vor meiner Nase schlossen, als der Lift mit mir in die Tiefe fuhr.

꧁ 7 ꧂

„Molly, haben wir noch Bier?“

Meine Mutter blickte vom Bügelbrett auf, an dem sie gerade stand, und stellte das Eisen in die Halterung. Dann inhalierte sie noch einmal tief aus ihrer Zigarette und legte sie im kleinen Aschenbecher auf dem Regal ab.

„Ich komme schon“, rief sie mit ihrer leicht kratzigen Stimmen und setzte sich in Bewegung, um meinem Vater ein weiteres Bier zu bringen, während dieser Fußball schaute.

Sie trug eine blaue Kittelschürze mit einem Paprikamuster und passend dazu blaue Puschelhausschuhe. Als sie an mir vorbei lief, sah ich ihre Leggins mit Leopardenmuster unter der Schürze herausgucken. Ihre naturroten Haare hatte sie auf Lockenwicklern aufgedreht. Das tat sie samstags immer, um dafür am Sonntag schön auszusehen.

Ein Besuch bei meinen Eltern war immer wie eine ganz abgedrehte Zeitreise. Während Mom ihre

Kittelschürzen trug, lief mein Vater noch in Hosen mit Hosenträgern herum und hatte an warmen Tagen bloß ein weißes geripptes Unterhemd, statt normaler Shirts, an. Außerdem lebten sie das klassische Rollenbild von einer Hausfrau, die noch nie gearbeitet hatte, und einem Mann, der für die Rechnungen aufkam und sich dafür von vorne bis hinten bedienen ließ.

Die ganze Sache mit der Emanzipation war an den beiden völlig vorbeigegangen. Mein Vater war zehn Jahre älter als meine Mutter und seit einem halben Jahr in Rente. Seither stand er vom Sofa eigentlich nur noch auf, wenn er schlafen, pinkeln oder essen wollte.

„Hier, Schatz“, sagte meine Mom und drückte ihm ein kühles Bier in die Hand. Ich konnte die beiden von meinem Stuhl aus beobachten. Dad tätschelte ihr dankend den Hintern, während er an ihr vorbei zum Fernseher schielte.

Auf keinen Fall wollte ich das so für mich. Seit Dad nur noch Rente bekam, waren die beiden noch weiter von London fortgezogen, weil das Geld für die frühere Miete nicht mehr ausgereicht hatte. In gewisser Weise stand mein Nachbar Ronald also besser da, doch er musste seine Rente auch nicht durch zwei teilen.

Nein, meine Eltern um finanzielle Unterstützung zu bitten, hatte sich schon allein deshalb verboten, weil die beiden selbst kaum etwas besaßen. Da hätte ich höchstens bei ihnen einziehen können, aber mir reichten meine wöchentlichen Besuche bei ihnen vollauf. Danach verspürte ich immer das dringende Bedürfnis, mir Moms Zigarettenrauch aus den Haaren zu duschen und zu feiern, dass ich keine Hausfrau aus den Sechzigern war, die ihrem Mann das Bier brachte, während er sich den

Bauch kratzte.

Obendrein hielt meine Mutter immer ein paar Weisheiten zu viel bereit. Als sie von ihrer Getränkelieferung zurückkam, war es mal wieder soweit: „Ich weiß gar nicht, wieso du noch nicht verheiratet bist. Dein Bruder David hat sich wenigstens eine Frau gesucht."

„David ist sieben Jahre älter als ich und hat erst vor vier Jahren geheiratet. Ich habe also noch drei Jahre."

Mom schnalzte mit der Zunge. „Falsch. Du bist eine Frau. Wir suchen uns Männer, die älter sind als wir. Dein zukünftiger Mann hat also noch drei Jahre. Deine Zeit ist eigentlich schon vor Jahren gekommen."

Ich war ehrlich froh, dass sie nicht das Wort „abgelaufen" benutzte, obwohl sie es wahrscheinlich dachte. Als meine Eltern geheiratet hatten, war Mom gerade zwanzig gewesen. Nicht viel später war der kleine David schon auf dem Weg.

„Das waren früher andere Zeiten", entgegnete ich.

Sie zog an ihrer Kippe und blies den Rauch an die Decke. Im Grunde war das umsonst, weil das komplette Zimmer ohnehin längst verräuchert war. Bestimmt würde sie auch in der *neuen* Wohnung bald ganz vergilbte Tapeten vom Qualm haben.

„Warum sollten sie anders sein? Es leben immer noch Männer und Frauen auf diesem Planeten." Sie wedelte mit ihrer Zigarette in meine Richtung. „Sei schlau und suche dir endlich einen Mann, der dich versorgt."

„Ich habe mein eigenes Geld", log ich.

Missmutig schüttelte sie den Kopf und bearbeitete Dads Hemd mit dem Bügeleisen. „Du gehst nur putzen. Eine Wohnung zu putzen reicht doch – und damit meine ich die Eigene. Weshalb noch andere Wohnungen säubern?"

Wenigstens glaubte sie mir die kleine Flunkerei mit den Putzstellen. Vom Nackttanzen sollte sie besser nichts erfahren.

„Ich habe nie gearbeitet", erklärte Mom voller Stolz und lächelte. „Ich habe alles richtig gemacht. Dein Vater hat mich immer gut versorgt."

Meine Mutter war jedoch auch rundum zufrieden mit ihrem Leben. Allerdings wollte ich mehr erreichen, als nur daheim bleiben zu können. Gut, das hatte bisher nicht so wirklich hervorragend geklappt, nur mochte ich mich deswegen nicht unterkriegen lassen und von meinen Träumen verabschieden. Der rote Mantel geisterte mir durch den Kopf, als wäre er der Inbegriff meiner Ziele.

„Kein Arbeitgeber teilt so gerne sein Geld mit dir, wie es ein Ehemann tut", erläuterte sie nun. „Und du siehst wirklich gut aus, Ruby. Ehrlich – da könnte noch ein bisschen mehr gehen, als diese Wohnung hier. Ich habe doch Augen im Kopf. Ich weiß genau, dass du dir zu fein hierfür bist." Sie schüttelte den Kopf, als wäre ich ein hoffnungsloser Fall. „Wenn du nur halb so gut gucken könntest wie ich, hättest du damals beispielsweise gemerkt, dass dieser eine Freund von deinem Bruder … Wie hieß er noch gleich?"

Ich schluckte und verspürte ein mulmiges Gefühl im Bauch. „Tyler Barnes."

Moms Augen leuchteten. „Genau der! Wie der dich immer angesehen hat … Als wärst du etwas zum Essen." Sie seufzte selig. „Der hat mir gefallen. So ein attraktiver Junge. Es macht auch nichts, dass er sieben Jahre älter ist als du. Schau mich und deinen Vater an." Sie hielt alle zehn Finger hoch. „Zehn Jahre Altersunterschied haben prima funktioniert. Der läuft dir auch nicht wegen einer Jüngeren weg. Die hat er ja dann schon."

„Sehr praktisch, Mom."

Sie nickte entschlossen. „Ja, das ist es. Außerdem war dieser Tyler bei einer Bank und hatte echt was auf dem Kasten. Der hätte dich gut versorgen können."

Ich verkniff mir irgendeine Bemerkung darüber, dass Tyler es Frauen vielleicht gerne *be*sorgte, aber sie nicht unbedingt *ver*sorgen wollte. Unsere vergangenen beiden Treffen ließ ich ebenfalls unerwähnt. „Nicht jeder Mann will heiraten."

Sie stemmte ihre Hand in die Seite. „Jetzt tue mal bloß nicht so, als wäre es seine Schuld gewesen. Du hast ihn doch lieber beschimpft, statt ihn dir zu angeln. Ein echter Jammer." Sie schüttelte den Kopf. „Bestimmt hat ihn sich längst eine andere gekrallt."

Zufällig wusste ich, dass das nicht der Fall war und lächelte still in mich hinein.

„Ich will mit dir schlafen, aber nicht für Geld." Seine Worte tauchten in meiner Erinnerung auf. Ich atmete durch, um nicht vor den Augen meiner Mutter sündige Fantasien zu entwickeln. Nicht, dass sie das stören würde. In dem Punkt war sie ganz direkt.

„Wozu willst du arbeiten? Möchtest du ernsthaft neun Stunden am Tag irgendwo putzen? Da ist es doch besser zu heiraten und dreißig Minuten am Tag etwas fürsorglich zu deinem Mann zu sein."

Ich rollte mit den Augen. „Mama."

„Was? Das ist die reine Wahrheit. Außerdem ist es gesund. Das steht immer in diesen Ratgeberartikeln. Sex ist gut für die Abwehrkräfte."

Ich hatte nicht ernsthaft vor, das mit ihr zu besprechen, obwohl ich nicht verklemmt war. Aber sie stahl dieser Vorstellung jede Romantik. Sollte ich also für einen Ehering, der mich symbolisch bis ans Ende meiner Tage versorgte, und für mein Immunsystem mit Tyler pimpern?

Gut und schön, Romantik war wohl etwas für Leute, die es sich leisten konnten, und Tylers Satz, mit mir ohne Bezahlung schlafen zu wollen, war so ungefähr das Romantischste gewesen, was ich seit Langem gehört hatte. Er hatte das garantiert nicht gesagt, weil er plötzlich sparsam geworden war.

„Also willst du damit sagen, ich soll heiraten, um länger gesund zu bleiben?"

Sie zuckte die Schultern und nahm einen tiefen Zug aus ihrer Zigarette. Soviel Sex konnte sie gar nicht haben, dass es ihren Nikotingenuss wieder aufwog.

„Ich bin jedenfalls fast nie krank und war es schon seit Jahrzehnten kaum. Das ist alles, was ich dazu sage. Denk mal drüber nach."

Mit diesen Worten befestigte sie das geglättete Hemd an einem Bügel und hängte es an das Regalbrett neben ihrem Aschenbecher. Das arme Ding hatte wirklich keine Chance: Kaum gewaschen, roch es sofort wieder nach Qualm.

„Was ist denn mit Gefühlen?", hakte ich nach.

„Wenn du so oft mit einem Mann zusammen bist, verliebst du dich doch ohnehin in ihn. Und ihm wird es nicht anders gehen. Dein Vater ist verrückt nach mir."

Okay.

Schön.

Na ja.

„Deine Schwägerin hat einen Bruder, der Single ist." Sie legte das nächste Hemd auf ihr Brett und bügelte los. „Der ist zwar leider kein Banker, sondern bei der Stadt beschäftigt, aber immerhin. Wenn ich du wäre, würde ich meine Karten besser ausspielen. Männer mögen deinen Look. Ist bei denen, wo du putzt, denn kein reicher Witwer oder so jemand dabei?"

Gespielt bedauernd schüttelte ich den Kopf. „Nein, leider nicht."

Sie machte eine bekümmerte Miene und arbeitete weiter. „Schade." Dann nickte sie wie zu sich selbst. „Schon fünfundzwanzig."

Meine Mutter war wirklich eine Heldin, wenn sie laut dachte. Für jemanden, der eigentlich nur geheiratet und Kinder bekommen hatte, fand sie mein Leben ziemlich armselig und verkorkst. Und das war die Variante, in der ich immerhin mein eigenes Geld besaß. Von der Wahrheit bekäme sie vermutlich Ausschlag.

„Ich werde mal die Augen offenhalten", versprach ich ihr.

„Es ist ja nicht für mich, Ruby. Das wäre gut für dich. Du bist alt genug, um auf eigenen Beinen zu stehen. Ich habe schon mit zwanzig für mich selbst gesorgt."

Womit sie natürlich die Hochzeit mit Dad meinte.

„Dein Leben war wohl besser als meines", stimmte ich ihr zu.

„Sei mal nicht so hochmütig. Ewig wirst du nicht so aussehen wie jetzt. Was willst du dann vorweisen, um einen Mann zu bekommen? Alte Fotos von früher?"

Amen.

꩜ 8 ꩜

Die Stippvisite bei meinen Eltern hatte mir mal wieder verdeutlicht, dass ein Besuch pro Woche wirklich reichte. Trotzdem war ich länger als üblich geblieben und hatte mit ihnen zu Abend gegessen. Und dann hatte ich noch ein bisschen länger dort verweilt und mit ihnen ferngesehen. Mein Vater schaute den ganzen Tag Sport, doch abends guckten meine Eltern gemeinsam das unglaublich abwechslungsreiche Unterhaltungsprogramm. Ich hatte also dabei zugesehen, wie Henry VIII eine Frau nach der anderen heiratete und wieder umbrachte.

Dabei kannte ich diese Tudors-Verfilmung längst. Trotzdem war ich letzte Nacht feige gewesen und hatte lieber die Zeit bei meinen Eltern totgeschlagen, bis sie ins Bett gegangen waren, als allein zu Hause zu sitzen und unentwegt darüber nachzudenken, dass Tyler vermutlich schon seit Stunden auf mich gewartet hatte.

Zum Glück hatten wir vergessen, unsere Telefonnummern auszutauschen, auch wenn ich nun wieder ein kleines Guthaben auf meinem Handy besaß. So hatte er mich auch nicht anrufen können. Es war nicht so, dass ich ihn nicht sehen wollte. Im Gegenteil. Alles war viel zu intensiv geworden. Ich war mir nicht sicher, ob ich ihm ein weiteres Mal würde standhalten können.

Und dann?

Solange ich die Antwort darauf nicht kannte, hielt ich mich besser von ihm fern. Mittlerweile fühlte ich mich nicht nur innerlich zerschlagen, sondern auch körperlich müde, weil ich kaum ein Auge zugetan hatte. Ständig geisterte mir Tylers Anblick durch meinen Kopf. Seine Stimme. Seine Berührungen. Er vernebelte mir komplett die Sinne.

Manchmal war es wirklich schade, dass mein Leben nicht so einfach funktionierte, wie das von meiner Mutter.

Ich wollte Tyler. Aber ich wollte auch sein Geld. Immerhin lagen bei mir Rechnungen herum. Trotzdem schien es mir keine Option zu sein, ihn einfach zu heiraten. Da würde er ohnehin nicht mitspielen. Und natürlich hatte ich das selbst auch gar nicht vor.

Vor lauter Verdruss manikürte ich meine Nägel und ließ mir mehrere Schichten Shellac von meiner Trockenmaschine durchhärten. Danach machte ich bei meinen Füßen weiter. Früher hatte ich mich nur im Sommer, wenn ich offene Schuhe trug, um meine Zehennägel gekümmert, doch seit ich den ganzen lieben langen Winter nackt durch die Kabinen gehopst war, hatte ich mich auch meiner Füße erbarmt. Die Preise im Nagelstudio waren mir zu hoch, also hatte ich mir ein Set für den Heimbedarf gegönnt, das sich mittlerweile mehr als gerechnet hatte.

Aber irgendwann waren auch meine Nägel fertig. Also badete ich, enthaarte meinen Körper, ließ eine Kurpackung in meinen langen Haaren einwirken und stand schließlich komplett behandelt vor meiner Kaffeemaschine. Wenn es sonst nichts mehr gab, half Kaffee bekanntlich immer.

Während meine letzte Rettung durch die Maschine blubberte, ließ ich das Radio laufen. Dabei bewegten sich meine Hüften von ganz allein zur Musik. Tyler hatte schon recht gehabt, dass ich früher nie die große Tanzmaus gewesen war, aber ein bisschen Training im *Sinful Pleasures* hatte das nachhaltig behoben.

Jetzt musste nur jemand in der U-Bahn seine Musik laufen lassen und ich konnte kaum ruhig auf der Bank sitzenbleiben. Mir waren wirklich schon die dümmsten Gedanken durch den Kopf geschossen, wenn ich mal keinen Sitzplatz gehabt hatte und zum Festhalten mit der Stange Vorlieb nehmen musste.

Ich würde wetten, dass Tyler mich gerne mal an einer Stange tanzen sähe. Für ihn könnte mir das vermutlich sogar Spaß machen. Es bereitete mir viel zu viel Vergnügen, ihn um den Verstand zu bringen, doch im Augenblick brachte er mich eher um meinen. Dabei war er nicht einmal hier.

Mein Telefon klingelte und ich schreckte zusammen. Das konnte unmöglich Tyler sein. Oder doch? Ich atmete tief durch und versuchte, mein Herzrasen in den Griff zu bekommen. Als es nichts half, flitzte ich hin und kontrollierte das Display.

Halb erleichtert, halb enttäuscht stellte ich fest, dass es meine Schwägerin war.

„Hey, Mary."

„Ruby, Süße", grüßte sie mich vergnügt. „David und ich gehen nachher noch bei euren Eltern vorbei. Kommst du auch?"

Normalerweise verbrachte ich gerne Zeit mit Mary, doch ein anderer Treffpunkt wäre mir lieber gewesen. „Nein, ich war gestern schon dort. Das reicht mir für die ganze Woche."

Mary lachte. „Kann ich verstehen. Deine Mutter ist schon sehr speziell, aber sie meint es gut."

„Kann sein." Ich nagte an meiner Unterlippe und pulte mit dem Finger an der Tapete meiner Wand. „Ich habe übrigens Tyler gesehen", sagte ich vorsichtig.

„Tyler?" Sie klang mehr als nur überrascht. „Wo denn?"

Ähm.

Unter gewissen Umständen belog ich sogar Mary und wie ich seit gestern wusste, hatte sie auch nicht immer alle ihre Karten auf den Tisch gelegt. Damit haderte ich noch immer.

„Wir sind uns in einem Café über den Weg gelaufen."

„Ach ..." Sie schwieg am anderen Ende der Leitung. Ich wusste, dass sie ihn nicht mochte.

„Ja, er hat mich auf einen Kaffee eingeladen."

„Tyler lädt jemanden ein?" Sie klang ehrlich erstaunt.

Ich nickte, auch wenn sie das nicht sehen konnte. „Ja, er war sogar sehr nett."

Nach ein paar Sekunden fragte sie: „Hat er irgendwas gesagt?"

Etwa darüber, dass sie ihn früher aus unserem Leben vertrieben hatte?

„Nein, wir haben nur so geplaudert. Er arbeitet immer

noch bei einer Bank.“

„Aha.“ Sie klang zumindest beruhigt.

Oh, Mary. Warum hatte sie mir nie gesagt, was früher vorgefallen war? Ich liebte meine Schwägerin wie eine Schwester. Vermutlich wusste sie selbst, dass es nicht richtig gewesen war, einen Freund meines Bruders aus dessen Leben zu vertreiben und David das obendrein nie zu gestehen.

„Ja, er war eigentlich ziemlich charmant“, gab ich zu.

Sein heißer Blick schoss mir durch den Sinn.

„Na ja, wenn er will, kann er wohl tun, als ob er nett wäre“, räumte sie ein.

„Ich glaube, er ist jetzt anders.“ Obwohl er damals gar nicht so verkehrt gewesen war. Das wusste ich ja nun.

„Magst du ihn etwa?“ Mary klang reichlich entsetzt.

„Also ...“

„Du hörst dich so schwärmerisch an.“ Ihre Stimme machte deutlich, dass ich gar nicht erst versuchen brauchte, es abzustreiten.

Hatte ich mich wirklich so leicht verraten?

„Es war einfach sehr angenehm, Zeit mit ihm zu verbringen.“

Sogar mehr als angenehm. Ich grub meine Nägel in die Handfläche, so wie ich sie in seine kleine Küchentischplatte gekrallt hatte, als er mich mit dem Mund bedient hatte.

Sie seufzte. „Siehst du ihn wieder?“

Als ich zuletzt aus seiner Wohnung getürmt war, hatte ich das nicht für sehr realistisch gehalten, aber die Wahrheit war, dass er mir fehlte und ich es allmählich bereute, gestern nicht doch zu ihm gegangen zu sein.

Trotz meiner bisherigen Unsicherheit hörte ich mich

sagen: „Ja, ich glaube schon.“

„Oh, je. Ruby.“ Sie seufzte erneut. „Ich hoffe nur, dass du dich nicht in ihm täuschst. Ich will nicht, dass er dich verletzt. Wir reden immer noch von Tyler.“

„Es ist lange her, dass ich jemanden getroffen habe, der meinen Bauch zum Kribbeln gebracht hat. Du hast David, Mom hat Dad. Überall sind Pärchen und ich bin allein. Weihnachten als Single war wirklich nicht witzig.“

„Ach, Süße.“ Ich hörte, wie sie schmunzelte, und ich wusste, dass sie für mich nur das Beste wollte.

„Ja, und in ein paar Tagen ist dieser furchtbare Valentinstag, den ich am liebsten auf den Mond schießen würde, weil alle sich verliebt anglotzen und rote Rosen kaufen, als wäre es ein Weltuntergang ohne diese Blumen. Händchen Haltende in Restaurants, Knutschende vor und in Kinos ...“

Sie lachte. „Schon gut, schon gut. Aber denkst du wirklich, dass Tyler etwas daran ändern könnte? Für dich, meine ich.“

Müde rieb ich mir über das Gesicht. „Ich weiß es nicht.“

„Hatte er denn jemals auch nur eine Beziehung?“

Das war eine verdammt gute Frage.

„Keine Ahnung.“

„Lass dich einfach nur nicht von ihm enttäuschen, okay? Du weißt ja, was ich von ihm halte, aber ich erinnere mich durchaus, dass er ziemlich gut aussah. Also, wenn du wirklich so einsam bist und einfach mal etwas Spaß haben möchtest, ist er vermutlich goldrichtig. Bloß taugt er nicht unbedingt für Beziehungen.“

„Ja, ich habe mir das auch schon alles überlegt.“

„Er bucht Stripperinnen“, erinnerte sie mich. „Er kauft Frauen. Was soll man von so jemandem halten?“

Was sollte ich wohl überhaupt von gekauften Zärtlichkeiten halten?

Aber eine andere spannende Frage war leider auch, was Tyler wohl von mir hielt. Immerhin nahm ich für dieselben Dinge Geld an, für die er es ausgab.

„Hör mal, ich habe Mom gegenüber nichts von Tyler erwähnt.“

„Alles klar, ich behalte es für mich. Am Ende will sie noch, dass du ihn heiratest.“ Mary gluckste. „Ausgerechnet.“

„Ja“, stimmte ich nicht halb so vergnügt zu.

Eines hatte ich immerhin durch das Telefonat mit meiner Schwägerin begriffen: Ich wollte Tyler wiedersehen. Und plötzlich fiel mir auch ein Weg ein, wie wir beide bekamen, was wir wollten. Eigentlich hatte es die ganze Zeit auf der Hand gelegen.

9

Ich hatte mich hübsch gemacht, denn ich wollte, dass der Portier mich für Tylers Freundin und nicht für seine Haushälterin hielt. Ich ließ mir viel Zeit mit dem Schminken und landete bei einem sinnlichen Look, der jedoch nicht zu dick aufgetragen war. Immerhin war Nachmittag und es stand kein Nachtklubbesuch an. Ich wählte erneut einen Rock und hohe Schuhe aus.

Mit hämmerndem Herzen nahm ich die U-Bahn und fuhr zu ihm ins Zentrum. Selbst wenn ich seine Telefonnummer gehabt hätte, würde ich diesen Spontanbesuch vorziehen, auch wenn ich nun gar nicht wusste, ob er überhaupt da war. Aber mit ihm zu telefonieren, wäre mir so seltsam vorgekommen, und ich hätte kein peinliches Schweigen in der Leitung ertragen.

Meine Beine waren wie Wackelpudding, als ich aus der U-Bahnstation die paar hundert Meter zu seinem Haus lief. Menschen eilten an mir vorbei oder unterhielten sich. Keiner von ihnen beachtete mich und ich fühlte mich wie eine vor lauter Aufregung bebende

Insel, auf der womöglich gleich ein Vulkan ausbrechen würde.

Mit zittrigen Händen zog ich die Tür zu Tylers Wohnhaus auf und ging durch das schicke Foyer auf den Portier zu, der an seinem üblichen Tisch saß und von seinem Sportblatt aufblickte.

„Kann ich ihnen helfen?“, erkundigte er sich freundlich.

Er hatte ja keine Ahnung, wie nervös ich war. Ich spürte, wie mir ein Schweißtropfen am Rücken hinab rann.

„Ja, ich möchte zu Tyler Barnes.“

Ich nannte ihm seine Apartmentnummer und meinen Namen und er klingelte mit dem Haustelefon zu Tylers Türsprechanlage durch.

Bitte, lass ihn da sein. Ein zweites Mal würde ich diese Fahrt ins Ungewisse nicht auf mich nehmen wollen.

Es klingelte eine ganze Weile. Der Portier machte ein bedauerndes Gesicht und meine Schultern sackten nach unten. Alles umsonst. Mittlerweile stand ich zwar auf Tylers Gästeliste, wodurch ich immerhin in der Lobby auf ihn warten könnte. Doch dabei könnten Stunden vergehen, wenn nicht sogar Tage. Schließlich hatte er Urlaub.

„Tut mir leid, er scheint nicht ...“

Nickend wollte ich mich abwenden, als er plötzlich zu sprechen begann: „Oh, Mister Barnes, entschuldigen Sie bitte die Störung. Aber eine junge Frau möchte zu ihnen: eine gewisse Ruby Turner.“

Sobald ich begriff, dass er in seiner Wohnung war, raste mein Herz los wie ein ratternder Zug. Himmel, ich würde ihn doch noch sehen dürfen.

Der Portier nickte mir zu und wies zu den Fahrstühlen. Mit wachsweichen Beinen rief ich mir einen Lift und fuhr hinauf. Mein Puls rauschte in den Ohren und ich zitterte am ganzen Körper.

Tyler.

Ich ging tatsächlich zu ihm.

Als sich die Aufzugtüren vor mir öffneten, stand er schon in der geöffneten Tür zu seiner Wohnung und erwartete mich. Nur mit einem knappen T-Shirt und einer lockeren Freizeithose bekleidet, stand er vor mir. Sein Haar war verstrubbelt und er wirkte leicht außer Atem. Vermutlich hatte er gerade Sport gemacht. Er sah unglaublich sexy aus. Seine blauen Augen brannten Löcher in mich hinein und mein Bauch zog sich zusammen.

Ich stellte mir vor, wie Tyler Sport trieb und sich seine schönen Muskeln dabei bewegten. Einen Crosstrainer oder andere Geräte hatte ich nicht bei ihm gesehen, also waren es vermutlich Liegestütze oder Sit-Ups gewesen. Meine Augen wanderten zu seinen kräftigen Oberarmen.

„Ruby“, raunte er meinen Namen. „Ich dachte schon, du bist mir weggelaufen.“

Mein Brustkorb bebte, als ich tief einatmete. Es wurde ernst. Das Spiel hieß: alles oder nichts.

Er ließ mich herein und mein Arm streifte seinen warmen Körper, als ich an ihm vorbei trat. Der gewohnte Anblick seiner Fensterfront erwartete mich und ich fühlte mich erleichtert, dass ich wieder hier bei ihm sein konnte.

Ich hörte, wie Tyler die Tür hinter mir ins Schloss drückte und erwartete schon, dass er nun zu mir kommen und seine Hand auf meinen Rücken legen oder mein

Haar über die Schulter streichen würde, wie er es zuvor bereits getan hatte. Doch dann vernahm ich mehrere klackende Geräusche und mir wurde klar, dass er die Tür nicht nur zugemacht hatte, sondern sie richtig abschloss.

Erstaunt drehte ich mich zu ihm um. Tyler blieb einfach stehen, lehnte mit seinem Oberkörper gegen das Holz und starrte mich an.

Ich räusperte mich und mein Blick huschte zu der vorgelegten Sicherheitskette. „Störe ich dich gerade?"

Die Vorstellung machte mich nervös. Aber hätte er dann abgesperrt?

Zum Glück schüttelte er den Kopf. „Du störst mich nie, Ruby. Möchtest du etwas trinken?"

Ich wunderte mich, dass er gar nicht danach fragte, wo ich gestern gewesen war, sondern den höflichen Gastgeber spielte. Bloß musste er wohl irgendetwas vorhaben, sonst hätte er den Ausgang seiner Wohnung nicht verriegelt und verrammelt.

„Nein, danke." Befangen nagte ich an meiner Unterlippe und versuchte, ein unverbindliches Gespräch in Gang zu setzen. „Hast du gerade Sport gemacht?"

Tyler lächelte flüchtig, stieß sich von der Tür ab und lief zu seinem Schlafzimmer. „Nein."

Als er nicht wieder herauskam, folgte ich ihm langsam. „Ich dachte nur, weil du ..."

Dann stockte ich, denn er erwartete mich direkt an der Tür und legte seine Hände um mein Gesicht. Ich spürte, wie er die Finger spreizte und durch meine Haare fasste. Sein Blick war verhangen.

„Ich habe gerade auf dem Bett gelegen, einen Porno geschaut und hatte meinen Schwanz in der Hand", flüsterte er. „Und ich habe mir vorgestellt, dass ich Sex mit dir habe.“

Schlagartig geriet mein Herz ins Stottern, weil ich ihn mir sofort dabei vorstellte. Ich wusste nur allzu gut, wie er aussah, wenn er es sich selbst besorgte. Mein Mund wurde trocken und ich sah das Bett hinter ihm stehen. Die Decke war zerwühlt.

„Was machen wir jetzt, Ruby?“

Sein Blick war so hungrig und fixierte mich wie der eines Raubtieres. Ich spürte deutlich, wie sich meine Lust auf ihn in meinem Unterleib zusammenbraute.

Also gut. Jetzt galt es. Dafür war ich schließlich hergekommen.

„Ich schlafe mit dir, Tyler“, begann ich und seine Augen weiteten sich vor Erregung. „Aber nicht umsonst.“

Er runzelte die Stirn und sein Blick wurde schmal. „Was soll das heißen?“

Unsicher benetzte ich meine Lippen. „Für Geld.“

Jetzt sah er entsetzt aus. „Ich soll dich wirklich auch für Sex bezahlen?“

Das Entsetzen in seinem Blick schlug um in Wut und Enttäuschung. Ich spürte, wie sein Griff fester wurde. Aber ich war auf sein Geld angewiesen und wenn ich anfing, umsonst mit ihm zu schlafen, würde er mich für das Tanzen auch nicht mehr bezahlen.

„Wie viel?“, knurrte er und rückte keinen Millimeter von mir ab.

„Ich habe doch selber keine Ahnung, was so was kostet“, gab ich zu.

„Ruby, mir ist scheißegal, was Sex woanders kostet. Das hier ist zwischen dir und mir. Es ist immer nur zwischen dir und mir. Verstehst du das denn nicht?“

Ich schluckte überwältigt. Der Mann war so intensiv. Am liebsten wäre mir die Summe, die er mir schon für die Nummer auf dem Küchentisch gezahlt hatte. Alles andere erschien mir völlig überteuert. Im Grunde war schon dieser Betrag eine gewaltige Hausnummer. „Fünfhundert?“, schlug ich vorsichtig vor.

Er legte den Kopf schief und roch an meinem Haar. Seine Lippen wanderten an mein Ohr und er saugte mein Ohrläppchen in seinen Mund und umkreiste es mit der Zunge. „Und was gibt es dafür genau?“

Ich hatte einen Knoten im Bauch. Seine Nähe verwirrte mich und machte mich schwindlig. „Sex.“

Tyler lachte leise. „Sex kann soviel sein, Ruby. Meinst du denn auch alles?“ Er suchte meinen Blick. Seiner war beinahe beängstigend leidenschaftlich.

„Also, ich lasse mich nicht auspeitschen ...“

„Davon spreche ich auch nicht und ich kann dir versichern, dass ich keinen Fetischschrank in meinem Apartment verstecke.“

Zum Glück nicht.

Langsam nickte ich. „Na, gut.“

„Ich gebe dir achthundert, aber dafür bleibst du die ganze Nacht.“

„Achthundert?“, wisperte ich.

„Ich habe keine Lust, dass du mir nach der ersten Nummer aus dem Bett springst und verschwindest. Du bleibst bis ich zur Arbeit muss.“

„Aber du hast doch Urlaub ...“, stammelte ich.

Er schüttelte den Kopf. „Die haben gestern angerufen, dass sie mich morgen brauchen. Und nachdem du nicht aufgetaucht bist, habe ich zugestimmt. Es ist nur der eine Tag.“

Armer Tyler. Selbst wenn er sich Urlaub nahm, ging er noch arbeiten.

Seine Worte geisterten durch meinen Kopf. *Nach der ersten Nummer.* Offensichtlich plante er ein bisschen mehr ein. Andererseits war es nur eine Nacht. Er würde sicher keinen Marathon einlegen. Vielleicht stand er einfach auf Kuscheln.

Ich nickte.

„Haben wir einen Deal?“, vergewisserte er sich.

„Ja, Tyler.“

Er nahm mein Gesicht zwischen seine Hände. Irgendwie wirkte er lauernd. Dabei sah er wahnsinnig heiß und anziehend aus. Er war ein Mann, der etwas wollte und dabei war, es sich zu holen. Doch mit dem, was er dann versuchte, hatte ich nicht gerechnet. Tyler drückte mir seine Lippen auf den Mund und ich riss meinen Kopf zur Seite und schnappte nach Luft.

„Was machst du da?“, japste ich.

Du meine Güte! Hatte er mich gerade wirklich geküsst?

Er fasste nach meinem Kinn und zwang mich, ihm in sein entschlossenes Gesicht zu schauen. „Ruby, ich werde dich auch küssen.“

„Ich wusste nicht, dass das üblich ...“

„Verdammt“, knurrte er. „Ich habe eine gewisse Vorstellung davon, wie Sex mit dir aussieht, und ich werde sie mir nicht durch diese Bezahlung kaputtmachen lassen. Ich will genauso Sex mit dir, wie ich ihn auch ohne Geld gehabt hätte. Darüber diskutiere ich nicht.“

Völlig sprachlos und überwältigt starrte ich ihn an. Ich hatte ihn zuletzt so geladen bei unserem finalen Streit erlebt.

„Für diese Nacht gehörst du mir“, stellte er klar und strich mit seiner Hand von meinem Kinn zu meiner Kehle hinab.

Ich bog meinen Kopf in den Nacken und wölbte ihm meinen Hals entgegen. Seine Hand glitt tiefer bis zu meinem Herzen. Es schlug wild und aufgeregt. Seine Finger lagen zwischen meinen Brüsten. Dann schob er seine Hand unter mein Shirt und in das linke Körbchen meines BHs. Mit der anderen Hand griff er in meinen Nacken und lenkte meinen Kopf bis ich ihn direkt ansah. Sanft strich sein Daumen über meine Brustwarze und ich spürte die Lust in meinem Schoß und rang nach Atem.

Tyler presste seinen Mund auf meinen und dieses Mal hielt ich still. Genüsslich erforschte er meine Lippen. Seine Zungenspitze kitzelte mich und drang in meinen Mund vor. Im ersten Moment war es seltsam, ihn für Geld zu küssen. Doch sobald ich mir das Geld wegdachte und mir einfach nur vorstellte, wir würden uns küssen wie ein Mann und eine Frau das eben taten, entspannte ich mich unter seiner Berührung und fing an, es zu genießen.

Er ließ sich Zeit mit mir und vernaschte meinen Mund mit einer solchen Hingabe, dass ich mich willenlos an ihn schmiegte und seufzte. Dieser kleine kehlige Laut schien ihn anzuspornen, denn er intensivierte seinen Kuss und presste mich eng an seinen harten Körper. Himmel, wie ich ihn fühlen wollte.

Er schmeckte so köstlich herb und hungrig, seine Zunge neckte meine und sein heißer Atem strömte über meine Haut. Tyler schob meinen Pulli über die Schulter und zerrte den BH unter die Brust, bis er sie ungehindert massieren konnte. Dann ließ er von meinen Lippen ab und drückte sich mit der Hand meine Brust an den Mund. Dabei ging er leicht in die Knie und stöhnte gierig. Sein Mund schnappte sich meine Brustwarte und ich spürte seine Zunge. Er leckte immer wieder über meine Spitze und ich wurde feucht unter seiner Gier.

„Tyler ...“ Ich stöhnte seinen Namen und fuhr mit meinen Händen durch sein Haar.

Er zog mir den Rock über die Beine und ich stieg halb benebelt aus dem gebauschten Stoff.

Nun stand ich in halterlosen schwarzen Spitzenstrümpfen und meinen Pumps vor ihm. Ich nahm eigentlich an, er würde mir nun die Strümpfe von den Beinen rollen, doch er hob mich hoch und packte mich auf sein Bett.

Ich spürte den kühlen Stoff seines Lakens unter meinem Körper und sah zu Tyler auf, der noch neben dem Bett stand. Ohne Umschweife zerrte er sich sein Shirt über den Kopf und streifte sich die Hose zusammen mit den Shorts herunter, bis er vollkommen nackt vor mir stand. Er war groß und schlank. Sein Torso lief von den breiten Schultermuskeln bis zu seinem flachen Bauch wie ein V zusammen. Selbst unterhalb seiner Rippen tanzten männliche Muskeln.

Ich leckte über meine Lippen und starrte auf seinen harten Schwanz, der aus seinem Schoß aufragte und ihm bis zu seinem Nabel reichte. Die Spitze glänzte zart, war seidenglatt und leicht violett. Ich sah das Geflecht seiner Adern am Schaft entlang verlaufen und die schweren Hoden, die sich vor Lust zusammengezogen hatten. Offensichtlich hatte Tyler sich für mich rasiert. Vermutlich schon gestern.

Seine Beine waren kräftig und noch immer von

gekrausten blonden Haaren leicht bedeckt. Er war einfach wunderschön, auch wenn man das zu Männern vielleicht nicht sagte. Alles an ihm war viel zu perfekt. So jemanden könnte ich doch niemals dauerhaft an mich binden.

Nein, es war schon richtig mit dem Geld. Für die kurze Zeit, die dieses Abenteuer mit uns andauern würde, wäre es besser, wenn es ein Geschäft blieb. Sonst könnte ich viel zu leicht mein Herz an diesen Mann verlieren und am Ende würde es mir dabei gebrochen werden.

„Zieh dein Shirt und den BH aus, Ruby“, verlangte er.

Tyler durfte alles von mir verlangen. Wir hatten uns auf achthundert Pfund verständigt. Es war beinahe eine Erleichterung, dass er mir Anweisungen erteilte, so wie er es beim Tanzen getan hatte, denn mein Kopf war so leergefegt, dass ich kaum einen eigenen klaren Gedanken fassen konnte.

Bereitwillig leistete ich seinen Worten Folge und schälte mich aus meinen Sachen. Auch die Schuhe kickte ich über die Bettkante und sie landeten klappernd auf dem Fußboden.

„Jetzt den Slip.“

Ich legte mich auf den Rücken, hob mein Becken an und zog die Spitze herunter. Als ich sie von meinen Füßen befreite, hielt er mir seine Hand hin.

„Gib ihn mir.“

Ich schluckte nervös und reichte ihm den Stoff. Er nahm ihn in seine Hand und rieb erneut mit seinem Daumen durch die Spuren meiner Lust. Dann legte er ihn in seine Nachttischschublade.

„Den behalte ich, Ruby.“

Es war keine Frage und ich nickte nur stumm. Von

achthundert konnte ich mir schließlich Dutzende Slips und Tangas besorgen. Selbst von Victoria Secrets. In meinem Kopf erblühte die Vorstellung davon, wie ich mir von seinem Geld schöne Dinge kaufte und ihn damit um den Verstand brachte. Hauchzarte Wäsche und darüber den roten Mantel. Ich stellte mir vor, wie ich so vor seiner Tür stand und klingelte, und wenn er mir öffnen würde, dann würde ich meinen Mantel für ihn aufschlagen wie eine kleine Exhibitionistin.

Im Augenblick trug ich nur noch meine Spitzenstrümpfe für ihn.

„Nimm die Hände über deinen Kopf zusammen und halte dich am Bettgestell fest“, instruierte er mich und zog sich aus derselben Nachttischschublade, in der meine Wäsche verschwunden war, ein kleines Folienpäckchen heraus.

Ich legte meine Hände um das Metallgestell und sah ihm dabei zu, wie er ein blaues Kondom aus der Verpackung zog, es auf seiner Eichel platzierte, während er mit der freien Hand sein hartes Glied umschloss, und es dann abrollte. Himmel.

Mein Bauch kribbelte nervös. Tyler stieg zu mir ins Bett und kniete sich zwischen meine Schenkel.

„Winkele deine Beine für mich an, Ruby.“

Meine Hände krallten sich fester um das Metall, als ich meine Schenkel für ihn auseinanderklappte. Ich wusste, der er mich genau sehen konnte. Seine Augen nahmen jedes Detail von mir in sich auf.

Er schob seine Hände unter meinen Po, kniff mir zart in die Backen und hob mein Becken an. Gerade als ich dachte, dass er sich für den Sex in Stellung brachte, tauchte er mit dem Kopf ab und verwöhnte mich mit dem Mund.

Ich japste nach Luft und kniff die Augen zusammen. Oh. Mein. Gott.

Tyler schleckte an meinem Kitzler entlang und ich bohrte die Zehen in sein Bettzeug. Himmel, es war so viel besser, in seinem Bett als auf dem Küchentisch zu liegen. Ich ließ mich ganz und gar fallen und genoss seine hingebungsvollen Zungenstriche. Kleine Keuchlaute drangen aus meinem Hals und Tyler stöhnte genussvoll, weil es ihn anmachte, mich zu erregen.

Aber er brachte mich nicht bis zum Höhepunkt. Immer wenn ich mein Becken an sein Gesicht drückte, nahm er das Tempo heraus. „Tyler ...“ stöhnte ich hilflos und klammerte mich an sein Bettgestell.

„Sag mir, dass ich dich ficken soll“, verlangte er. „Ich lasse dich so nicht kommen.“

Ich wurde halb wahnsinnig vor Lust und ich wollte ihn ja spüren. Diese äußere Stimulation war mir viel zu wenig. Also bettelte ich ihn an, so wie er es sich wünschte, weil ich es genauso sehr wollte.

„Bitte, Tyler.“ Ich seufzte seinen Namen und suchte seinen Blick. Er hatte seinen Kopf zwischen meinen Schenkeln vergraben und sah zu mir auf. Seine Augen waren zwei blaue Feuerbälle, die mich verbrannten. „Bitte, fick mich, Tyler. Ich will dich spüren.“

Er tauchte zwischen meinen Beinen auf und rutschte mit seinem Körper an meinem hinauf, bis er in voller Länge auf mir lag und mich mit seinem Gewicht in die Matratze drückte. Ich rang nach Luft, weil er so schwer und heiß war. Sein Schweiß vermischte sich mit meinem und es fiel mir schwer, meine Hände über meinem Kopf zu behalten. Das Verlangen, ihn zu berühren, war übermenschlich.

Ich schlang meine Beine über seinem Po zusammen und er führte seine Eichel an meinen Eingang. Dann drang er langsam in mich ein. Stück für Stück schob er sich tiefer in mich und sah mir dabei die ganze Zeit in die Augen, als wäre ich sein Anker.

Er fühlte sich himmlisch gut an. Ich spürte wie hart und prall er war, doch Tyler hatte mich gut auf seine Größe vorbereitet. Anders ging es vermutlich kaum.

„Ah, Ruby." Er biss die Zähne zusammen und atmete dann kraftvoll aus. „Du bist so wahnsinnig eng."

Mit mir war alles in Ordnung. Tyler hatte hier die Sonderausstattung.

„Ich will dich anfassen", flüsterte ich.

Als er nickte, nahm ich meine Hände herunter und berührte seinen angespannten Rücken. Ich fühlte seine Muskeln unter meinen Handflächen tanzen. Tyler war so unglaublich konzentriert und nahm sich Zeit, um mir nicht wehzutun. Allerdings ging mir das alles eine Spur zu gemächlich, weil ich schließlich keine Jungfrau mehr war. In gewisser Weise war seine Rücksicht wirklich süß, aber ich wollte keine Zeitlupenaktion.

Also drückte ich ihm meine Fersen in seinen knackigen Hintern und spießte mich mit einem schnellen Ruck meines Beckens selbst an ihm auf.

Heiliger Scheibenkleister!

Das Gefühl von seinem Schwanz in mir war unglaublich. Auch Tyler riss atemlos die Augen auf. Wir starrten uns sekundenlang an. Dann schloss er die Augen, legte seine Stirn an meine und seufzte.

„Du bringst mich um", raunte er.

„Jetzt schon?" Ohne darüber nachzudenken, hauchte

ich ihm einen zarten Kuss auf den Mund.

Als ich mich von ihm löste, betrachtete er mich mit einer solchen Glut, dass ich mich in seinen Armen noch kleiner fühlte. Er nahm mein Gesicht zwischen seine Hände und erwiderte den Kuss. Dabei begann er, seine Hüften zu bewegen.

Sein Schwanz glitt vor und zurück, während er mich immer hungriger küsste. Ich schlang meine Arme um ihn und zog ihn ganz fest auf mich. Ihn so zu spüren, war besser als jede Fantasie. Ich war seiner Lust vollkommen ausgeliefert und nicht bloß, weil er mich dafür bezahlte.

„Streichele dich, Ruby“, flüsterte er an meinem Mund. „Ich will an meinem Schwanz spüren, wie du kommst.“

Ihm so ausgeliefert zu sein, hatte etwas Verruchtes an sich, das mir sehr gefiel. Ich würde das mit niemandem sonst für Geld tun. Mir kam es eher vor, als würde ich Tylers Escort-Dame nur spielen, auch wenn dieses Rollenspiel verdammt echt wirkte.

Artig wanderte ich mit meiner Hand zwischen unseren Körpern hinab, benetze kurz meine Finger, wobei ich die Gelegenheit nutzte, sein steifes Glied zu streicheln, und begann dann, meine Perle zu verwöhnen.

Tyler sah mir eine kleine Weile dabei zu, doch dann bewegte er sich wieder und küsste mich so lusttrunken, dass mir selbst alle Sinne schwanden. Ich verlor mich in seinen Stößen und meinem Reiben, seiner Zunge und seinem Keuchen, und schließlich kam ich heftig zuckend um seinen Schwanz. Danach vögelte er mich so zügellos, dass ich dachte, das Bett würde durch die Wand brechen. Ich klammerte meine Hände um sein Kopfteil und bog mich seinen Bewegungen entgegen, bis er keuchend auf mir zusammenbrach.

Himmel, es war so heiß, wenn er kam. Sein Gesicht wurde dann wunderschön und sinnlicher als je zuvor.

Minutenlang regte er sich nicht mehr und ich spürte seinen Herzschlag an meinem Brustkorb hämmern. Diese völlige Nähe, die durch sein Gewicht noch verstärkt wurde, war atemberaubend. Dann richtete er sich träge auf und lächelte mich an. Ihm stand die völlige Erlösung in sein Gesicht geschrieben. Sachte rutschte er aus mir heraus, setzte sich auf und verknotete das Gummi. Dann ging er ins Badezimmer und ich blieb mit tausenden von Schmetterlingen im Bauch in seinem Bett zurück.

Wahnsinn, konnte der ficken! Ich hatte wirklich schon Sex gehabt. Jedenfalls hatte ich es dafür gehalten. Aber Tyler war so intensiv und machte alles so tausendprozentig, dass meine früheren Geschlechtsakte allenfalls wie aufgewärmte Mikrowellengerichte neben einem Fünf-Sterne-Menü wirkten.

Er kehrte mit einer kleinen Waschschüssel zurück. Ich räkelte mich in seinem Bett und schüttelte mir sein platt gequetschtes Kopfkissen auf. Tyler setzte sich neben mich und befreite mich von meinen Strümpfen. Dabei zwinkerte er mir zu und ich musste schmunzeln. Er wrang einen weißen Lappen aus, der sehr weich aussah. Zärtlich strich er damit an meinem Bein entlang hinauf und säuberte mich dann zwischen den Schenkeln. Das warme Wasser tat wunderbar gut auf der empfindlichen Haut.

Ich schloss die Augen und entspannte mich unter seinen fürsorglichen Berührungen. So verschwitzt ich eben auch gewesen war, nun fühlte ich mich wieder frisch. Als er aufhörte, mich mit dem Lappen zu streicheln, blinzelte ich unter meinen Lidern zu ihm auf und sah, wie er sich ebenfalls säuberte.

„Lass mich das machen“, bot ich ihm an und er überließ mir bereitwillig den weichen Stoff.

Ich nahm Tylers Geschlecht in meine Hand und reinigte ihn liebevoll, als wäre ich seine Pflegerin und er mein schwer angeschlagener Patient. Die Vorstellung gefiel mir, auch wenn mein Patient nicht lange weich und reglos blieb. Wie schon beim letzten Mal, als ich mich Tylers Glied gewidmet hatte, erwachte es in meiner Hand zum Leben und richtete sich immer mehr auf.

„Ich will dich schon wieder“, raunte er und stellte die Schüssel auf den Boden. „Leg dich auf den Rücken, Ruby.“

Mein ganzer Körper kribbelte vorfreudig und ein irrwitziges Flattern breitete sich in meinem Bauch aus. Ich legte mich hin und sah, wie er sich verkehrt herum über mich kniete. Dann begann er, mich erneut zu lecken, während sein Schwanz nur Zentimeter über meinem Gesicht schwebte.

Ich verstand eine Einladung, wenn ich eine erhielt, und öffnete meinen Mund für ihn. Obwohl sein Glied sauber war und nicht mehr nach Latex roch, haftete doch Tylers eigenes Aroma daran. Ich leckte einen salzigen Tropfen von seiner Spitze und schloss meine Lippen um seine Eichel. Dann lutschte ich ihn, während er mich zeitgleich mit seinem Mund verwöhnte. Zwischen uns entbrannte beinahe ein Wettstreit, wer den anderen zuerst zum Kommen brachte.

Tyler gewann. Trotzdem durfte er für sein Geld ruhig verlangen, dass ich mich nicht einfach faul auf die Seite drehte. Auch wenn er kein Wort sagte, machte ich weiter und kümmerte mich um ihn.

„Ruby“, keuchte er. „Wenn du nicht aufhörst, kann ich für nichts mehr garantieren ...“

Ich ignorierte seine Worte und befriedigte ihn solange, bis ich seinen warmen Saft in meinem Mund spürte. Ich schluckte alles und leckte ihn sauber.

Fair war fair. Er hatte mich auch gut behandelt.

ꙮ 10 ꙮ

Ich spürte seine Lippen auf meinem Mund und schlug die Augen auf. Tyler stand fertig angekleidet vor dem Bett und streichelte sanft durch mein Haar.

„Ich muss jetzt los zur Arbeit, aber heute Abend bin ich wieder hier und habe dann wirklich frei. Bleib ruhig in der Wohnung, wenn du willst, und fühle dich wie zu Hause.“

Mein Herz klopfte heftig, als ich aus meinem Schlaf auftauchte und begriff, dass unsere ausgiebigen Sexspielereien kein sinnlicher Traum gewesen waren. Tyler hatte mich insgesamt viermal geliebt und ich spürte ihn noch immer zwischen meinen Beinen, als hätte er mich erst vor Minuten verlassen.

Ich war zum Glück nicht wund, darauf hatte er geachtet. Trotzdem war viermal Sex nach einer langen enthaltsamen Zeit nichts, was ich nicht nachhaltig bemerken würde.

Während ich mich zwar auf eine gute Art, aber nichtsdestotrotz gerädert fühlte, stand Tyler wie das blühende Leben vor mir und duftete himmlisch nach einer frischen Dusche und seinem Aftershave. Ich war froh, dass nicht ich diejenige von uns beiden war, die sich nun zur Arbeit schleppen musste.

„Ich stehe sicher noch nicht auf", murmelte ich schläfrig.

„Es würde mich freuen, wenn du da bist, wenn ich zurückkomme." Dann hielt er mir grinsend sein Handy hin. „Aber jetzt habe ich ja wenigstens deine Nummer."

Stimmt. Ich erinnerte mich vage daran, dass Tyler nach der dritten Runde aus dem Bett gesprungen und unsere Handys miteinander abgeglichen hatte.

„Du findest mich auf deiner Kurzwahltaste", erklärte er zwinkernd.

Blöder Kerl. Ich musste schmunzeln. Er hatte sich einfach mein uraltes Handy geschnappt und seine Nummer darin eingespeichert.

Ich gab ein zustimmendes Grunzen von mir und zog mir die Decke über den Kopf. Tyler lachte, verstand aber, dass ich ein Morgenmuffel war. Das galt besonders nach einer so gut wie schlaffreien Nacht. Er verabschiedete sich von mir, indem er mir unter der Decke in den Po zwickte. Ich verscheuchte seine Hand mit meinem wackelnden Hintern und wälzte mich dann auf die andere Seite.

Als ich das nächste Mal erwachte, war die Wohnung leer und still. Sonnenstrahlen schienen aus dem Wohnraum zur Schlafzimmertür herein und tauchten alles in ein angenehmes Licht.

Ich stöhnte genussvoll und streckte mich. Die Welt war schwer in Ordnung. Und der Sex war so viel mehr gewesen, als ich erwartet hatte. Allein die Erinnerung daran knisterte in meinem Kopf. Ich grub meine Nase in sein Kopfkissen und roch seinen Duft aus dem Bettzeug heraus. Mhm.

Gut gelaunt benutzte ich sein Badezimmer und shampoonierte das Haarnest auf meinem Kopf, das vom Sex ganz verstrubbelt war, gründlich mit Tylers Pflegeprodukten. Dann seifte ich mich mit seinem Duschgel ein. Nun roch mein ganzer Körper nach ihm, was ich ziemlich sexy fand. Ich rubbelte mich trocken, frottierte meine Haare und schlenderte zurück in sein Schlafzimmer. Vor seinem riesigen Spiegelschrank blieb ich stehen.

Wenn er wollte, dass ich es mir bei ihm gemütlich machte, rechnete er doch bestimmt damit, dass ich an seine Sachen ging, oder? Ich hatte mir schließlich keine Tasche für Übernachtungszwecke gepackt. Kurzerhand schob ich die rechte Schranktür auf und fand ordentlich geglättete Hemden auf einer Reihe von Bügeln vor. Ich nahm mir eines und schlüpfte hinein.

Mit nackten Beinen und noch feuchten Haarspitzen machte ich es mir auf seinem Bett bequem und betrachtete nachdenklich den Fernseher an seiner Wand. Was hatte Tyler gestern gesagt, als ich zu ihm kam? Dass er gerade einen Porno geschaut und auf dem Bett gelegen hatte.

Spontan griff ich nach seiner Fernbedienung und steuerte dann den letzten Film an, den Tyler aufgerufen hatte. Sofort füllte sich der Bildschirm mit dem Standbild eines nackten Pärchens. Das Gerät fragte mich, ob ich weiterschauen oder vom Beginn anfangen wollte. Ich grinste und startete den Film neu. Mich interessierte ja durchaus, was Tyler sich da so zu Gemüte führte.

Dann musste ich grinsen – aha, es war ein Arzt-und-Krankenschwester-Filmchen. Dem armen Herrn Doktor saß der Kittel zu eng und die Schwester war doch wirklich bloß hilfreich. Eilfertig ging sie vor ihm auf die Knie und lutschte ihm den Schwengel, bis er die Patientenakte unter seinem Arm vergaß. Überstunden in Krankenhäusern konnten also doch auch angenehm sein.

Ich stellte mir vor, wie Tyler wohl gucken würde, wenn ich ihm mit einem entsprechenden Kostüm aufwartete. Er würde sofort wissen, dass ich seinen Porno kannte, und das machte es noch reizvoller. Ich hatte wirklich Lust, ihn zu verführen. Tyler war mir unter die Haut gegangen und alles in mir kribbelte bei dem Gedanken, dass er wieder auf mir liegen würde.

Ich stoppte den Film und stand verträumt auf. Barfuß lief ich in seinen Wohnraum und sehnte mich nach seiner Nähe. Er war ein fantastischer Liebhaber und ich war gerade dabei, meinen Kopf zu verlieren. Wenn nicht sogar mein Herz.

Alles war wunderbar und rosarot, bis ich die Geldscheine auf seiner Küchentheke liegen sah. Der Anblick landete wie ein Klumpen in meinem Magen, dabei hatte sich Tyler nur einmal mehr völlig korrekt verhalten und war meiner Forderung nach Bezahlung nachgekommen. Achthundert Pfund stapelten sich auf der Granitplatte. Statt erleichtert und reich, fühlte ich mich leer und ernüchtert.

Ich tippte die Scheine mit dem Finger an wie eine tote Ratte.

„Super, Ruby. Das war ja eine tolle Idee“, murmelte

ich.

Der Teil von mir, der gerne alle Schulden auf einen Streich losgeworden wäre, riet mir dazu, das Geld einfach zu nehmen.

Aber der ganze Rest von mir wollte, dass die Intimitäten der letzten Nacht weit mehr als nur eine bezahlte Liebschaft gewesen waren. Oh je, was hielt Tyler nun eigentlich von mir, nachdem ich mich wie eine Hure für den Sex mit ihm hatte bezahlen lassen? Er hatte nie mein Freier sein wollen. Ich hatte ihn erst dazu gemacht.

Mir war schlecht und ich musste einfach aus seiner Wohnung raus, auch wenn ich danach ohne ihn nicht mehr wieder hineinkam. Ich brauchte den Lärm der Stadt und etwas Ablenkung. Unmöglich konnte ich die nächsten Stunden nur hier sitzen und das Geld anstarren wie einen Fremdkörper.

Hatte ich nun alles kaputtgemacht? Oder hatte Tyler noch irgendwelche Gefühle von damals für mich übrig, an die ich mich klammern konnte?

Ich wollte es hoffen.

Als ich ging, ließ ich das Geld auf seiner Küchentheke liegen.

꧁ 11 ꧂

„Ruby, wo steckst du gerade?“, fragte Tyler, sobald ich ans Handy ging.

Dabei hatte mir nicht nur sein Name vom Display entgegen geleuchtet, sondern auch ein grinsendes Selfie, das er mir passend zur Nummer von sich eingespeichert hatte. Sein Anblick hatte mir sofort ein sehnsüchtiges Schaudern bereitet, vor allem, weil sein Oberkörper auf dem Bild mit drauf war und er zu der Zeit, als er das Foto geschossen hatte, völlig nackt gewesen war.

Es war kurz vor sieben und wie es aussah, war er schon zurück in seiner Wohnung, sonst hätte er mir diese Frage wohl nicht zu stellen brauchen. Irgendwie hatte ich angenommen, dass er sich nicht vor neun Uhr melden würde, also hatte ich meine Aktivitäten etwas länger verplant.

„Ich kaufe gerade ein.“

Mein Kühlschrank war ziemlich geplündert und etwas Nahrung wollte ich dann schon hin und wieder darin vorfinden.

„Kommst du nachher zu mir? Ich habe Feierabend und Urlaub und würde das gerne mit dir feiern.“

Ich legte die Packung mit den Eiern zurück ins Regal. Im Grunde konnte das mit dem Essen doch noch warten. Schließlich hatte ich Kaffee.

„Ich kann gleich bei dir sein“, stimmte ich zu. „Wenn du das willst ...“

„Unbedingt“, knurrte er.

Ich trennte die Verbindung und mein Herz flatterte aufgeregt. Eilig sortierte ich die drei Sachen aus meinem Wagen zurück ins Regal und verließ den Supermarkt. Mit fliegenden Schritten lief ich zur nächsten U-Bahnstation und fand mich keine halbe Stunde später vor Tylers Apartment wieder.

Als er mir die Tür öffnete, hätte ich mich am liebsten in seine Arme geworfen. Ihn wiederzusehen, wärmte mir das Herz. Außerdem trug er ein Hemd, das verdächtig nach genau demselben aussah, das ich heute Morgen noch angehabt hatte. Ich hatte es ihm über die Stuhllehne gehängt und eine kleine Notiz dazu geschrieben. Obwohl es eigentlich sauber war, weil ich es nach dem Duschen angezogen hatte, war ich mir nicht sicher gewesen, ob Tyler es wieder in seinem Schrank hängen haben oder lieber in die Wäsche geben wollte. Offensichtlich hatte er sich für Variante drei entschieden und es einfach angezogen.

Tyler hielt mir ein Glas Rotwein entgegen und hatte ein zweites Glas für sich selbst in der anderen Hand. „Komm rein.“

Ich schlüpfte aus meinen Schuhen und nahm es ihm lächelnd ab.

„Auf eine schöne Zeit“, sagte er und stieß sein Glas

gegen meines.

Dann trank er einen Schluck und ich nippte ebenfalls von meinem Wein. Er war köstlich. Eigentlich. Nur konnte ich mich nicht so recht über seinen Trinkspruch freuen.

Tyler nickte zu seiner Theke. „Du hast dein Geld vorhin vergessen.“

Verlegen knabberte ich an meiner Unterlippe. Er schien meine Zurückhaltung mit Scheu zu verwechseln, denn er brachte mir die Scheine und hielt sie mir hin.

„Bitte, Ruby.“

Ich schluckte und leckte nervös über meine Lippen. Doch ich schaffte es nicht, die Scheine anzurühren.

„Du hast doch früher mal mit mir ausgehen wollen, oder?“, fragte ich vorsichtig.

Er runzelte die Stirn und nickte. „Ja.“

„Hattest du schon mal eine Beziehung?“

Tylers Blick wurde achtsam. „Warum fragst du mich das, Ruby?“

Er hielt noch immer das Geld in der Hand und schien zu spüren, dass ich mit etwas haderte.

„Oder hast du immer nur Sex?“ Ich sah ihn geradeheraus an.

„Ich mag gerne eine gewisse Form der Entspannung an meinen Feierabenden nach dem ganzen Stress auf Arbeit. Aber ich kann auch mal ohne Sex, Ruby.“

Es fiel mir nicht so leicht, ihm das zu glauben. Ich kannte keinen anderen Tyler, als den mit der ausgeprägten Libido.

Ihm schien meine Unsicherheit aufzufallen. „Du glaubst mir das wohl nicht, hm?“ Dann sah er auf das Geld. „Verrätst du mir, was los ist?“

Unschlüssig stieß ich einen Seufzer aus. „Die letzte Nacht war toll.“

Er lächelte verführerisch. So wie ich ihn eben kannte. „Das fand ich auch.“

„Und ...“ Ich benetzte meine Lippen und schaffte es nicht, ihn anzusehen. „Ich kann dafür einfach kein Geld nehmen.“

Tyler stellte den Rotwein zur Seite und legte mir seine Hand unter das Kinn, damit ich ihn ansah. „Warum nicht, Ruby?“

„Weil es nicht richtig wäre.“ Ich blinzelte nervös und versank in seinen blauen Augen.

„Nur deshalb?“

Ich zuckte die Schultern.

„Ich wollte dich von Anfang an nicht für den Sex bezahlen“, erinnerte er mich.

„Es war meine blöde Idee“, gab ich ihm recht.

„Aber darum geht es gerade gar nicht.“ Sein Daumen strich über meine Unterlippe. „Was möchtest du, Ruby?“

„Vielleicht zu viel.“

„Sag mir, was du dir wünschst“, murmelte er und betrachtete versonnen meinen Mund.

„Ich will glauben können, dass es dir nicht nur um den Sex geht.“

Jetzt wurde sein Blick warm. „Sondern?“

„Dass dir etwas an mir liegt“, gab ich zu.

„Dann lade ich dich wohl besser mal zu normalen Dates ein.“ Seine Stimme war samtweich. „Was meinst du? In vier Tagen ist Valentinstag. Hast du Lust, da etwas mit mir zu unternehmen?“

„Bist du sicher?“

Er nickte. „Wir fahren das ganze kitschige Programm

auf."

Ich nickte langsam und nagte an meiner Lippe. Er wollte mich wirklich sehen. Mir war fast schwindlig. Aber ...

„Was ist denn los, Ruby?" Er legte mir die Hand auf den Arm. „Magst du das nicht?"

„Es ist nur ..." Ich schaute ihm direkt in die Augen. „Können wir nicht schon vorher was machen? Das ist erst in vier Tagen."

Erleichtert nickte er und prüfte die Uhrzeit. „Wir fangen sofort an. Ich würde sagen, für ein Abendprogramm eignet sich Kino, oder?"

Ich war schon ewig nicht mehr im Kino gewesen. „Sehr gerne."

„Also willst du dieses Geld nicht?", vergewisserte er sich und wedelte wie ein frecher Kerl mit den Scheinen.

Ich schüttelte den Kopf und musste schmunzeln.

Tyler wirkte erleichtert. „Da bin ich froh. Nicht, weil ich die Scheine so dringend bräuchte. Aber mir gefällt die Vorstellung, dass die letzte Nacht nicht für Geld passiert ist, sondern weil wir es beide wollten."

Oh ja, ich wollte eigentlich schon wieder. Er sah höllisch sexy aus mit diesem leichten Bartschatten. War ich wirklich gerade so blöd gewesen, Tyler auf seine Fähigkeit, auf Sex verzichten zu können, zu testen?

„Dann zieh deine Schuhe wieder an. Wir legen direkt los." Tyler schlüpfte selbst in seine Jacke und Schuhe. Er bot mir den Arm an, als wir zu den Aufzügen gingen, und ich fühlte mich wirklich wie sein Date.

Eine kurze Taxifahrt später standen wir vor einem Kino und studierten die Plakate.

„Welchen willst du sehen?", wollte er wissen.

Ich hatte überhaupt keine Ahnung, weil mir keiner der Filme etwas sagte. „Und du?“

„Das ist egal. Du darfst ihn aussuchen.“

Wow. Ein Date mit allen Extras. Und ich hatte es schon für romantisch gehalten, wenn ein Mann im Schnellimbiss mein Tablett trug.

Grinsend tippte ich auf das Plakat eines sehr kitschig wirkenden Liebesfilms. „Das da.“

Tyler wusste bestimmt, dass ich ihn necken wollte, doch er fügte sich anstandslos in sein Schicksal und besorgte zwei Karten.

Wir holten uns einen großen Becher Popcorn und ein fast so großes Getränk. „Das ist ein Date“, stellte er klar. „Da teilt man sich so was und es hat nicht einfach jeder sein eigenes Zeug.“

Sehr romantisch. Besonders, weil er dabei so schelmisch guckte.

Wir setzten uns in eine dieser Zweierbänke für Pärchen am Rand des Saals und Tyler legte gleich als erste Amtshandlung seinen Arm um meine Schultern. Allerdings blieb es dabei. Er startete keine Versuche zu Fummeln. Immerhin wollte er mir ja beweisen, dass er auch ohne Sex auskam. Na gut.

Die Kinowerbung flimmerte an uns vorbei und ich schmiegte mich in seine starken Arme.

„Wo hast du eigentlich diese ganzen Muskeln her, wenn du immer so viel arbeitest?“, wollte ich wissen.

„Direkt neben der Bank ist ein Fitnessstudio. Da gehe ich fast jede Mittagspause hin.“

Ich klaute mir Popcorn aus dem Becher, den er auf seinem Schoß abgestellt hatte.

„Ja, und wann isst du dann was?“

Er nahm einen Schluck von der Cola. „Jeden Tag um zehn Uhr futtere ich ein riesiges Pastrami-Sandwich."

„Jeden Tag dasselbe Sandwich?", wunderte ich mich.

„Ja, ich mag das Zeug."

Ich musste schmunzeln. War das womöglich das erste Persönliche, was ich in den letzten Tagen über Tyler erfahren hatte? Von seinen sexuellen Vorlieben mal abgesehen. Allein bei dem Gedanken wurde mir schon heiß. Also schnell den Faden der Konversation fortspinnen, bevor ich mir sein Hemd wegdachte.

„Und wenn du mal mittags ein Geschäftsessen hast? Kommt so was nicht vor?"

„Doch, leider. Eigentlich erledige ich das lieber abends, aber manchmal lässt es sich nicht vermeiden. Dann schaffe ich es nicht zum Sport. Allerdings sind das die Tage, an denen ich das Gefühl habe, dass die Zeit nicht rumgeht."

Okay. Ich war ja ein totaler Sportmuffel. Aber das ganze Räkelprogramm im Klub hatte im Grunde auch ausgereicht.

„Und was machst du dann für Sport?"

„Eigentlich immer dieselben drei Sachen: Hantelbank, Bauchtrainer und Rudermaschine. Aber donnerstags ist auch noch Karate dran. Danach dusche ich und gehe wieder zur Arbeit. Auf die Weise bekomme ich den Kopf frei. Das ist echt gut."

Ja, und auf die Weise bekam er einen herrlich tollen Körper. Das war auch echt gut.

„Und was machst du außer Tanzen?", fragte er und schob mir Popcorn in den Mund.

Kichernd zwickte ich ihm mit den Zähnen in den Finger.

„Nichts weiter. Ich mag keinen Sport."

„Aber du bist so dünn."

Wenn man das Essen wegließ, kam das von ganz alleine. Eigentlich aß ich ganz gerne, aber oft vergaß ich es einfach. Und manchmal war am Ende vom Monat auch schlichtweg das Geld alle.

„Ich habe meinen Kaffee. Der ersetzt mir manchmal auch eine Mahlzeit."

Tyler schüttelte entsetzt den Kopf und legte mir gleich noch ein Popcorn zwischen die Lippen, als müsste ich aufgepäppelt werden. „Ich muss dir dringend mal meine Pastrami-Sandwiches vorstellen", erklärte er.

Der Kinoabend mit ihm war wunder-, wunderschön. Wir hatten soviel Spaß. Ich fühlte mich herrlich leicht in seiner Nähe und so unglaublich wohl, wie ich es niemals für möglich gehalten hätte, wenn man mich auf Tyler Barnes angesprochen hätte.

Ich verstand, weshalb mein Bruder gerne mit ihm befreundet gewesen war, und es musste einen Weg geben, wie Tyler wieder zurück in unser Leben kam. Auch in das von meinem Bruder David.

Natürlich hatten die vergangenen vier Jahre uns alle verändert, aber für Tyler und mich war es so, dass wir passender füreinander geworden waren. Zumindest aus meiner Sicht, denn früher hatte ich ihn trotz seines guten Aussehens nie auf dem Schirm gehabt.

Als er mich nach dem Film zu einem Taxistand begleitete, war ich gespannt, ob er mir wohl einen Abschiedskuss geben würde. Immerhin war das doch ganz klassisch für Dates, oder nicht?

Doch er stimmte nur wieder das Fahrziel und den Preis mit dem Fahrer ab und bezahlte ihn direkt.

Dann lächelte er mich an und küsste mich so flüchtig links und rechts auf die Wangen, dass sich vermutlich zwei vollkommen Fremde in Italien herzhafter begrüßten.

„Das war ein schöner Abend, Ruby", sagte er und hielt meine Hand. „Willst du morgen wieder mit mir ausgehen?"

Ich nickte selig.

„Dann ruf mich einfach an, wenn du ausgeschlafen hast. Ich überlege mir was."

Ich stieg ins Taxi und konnte nur daran denken, dass ich nun alleine in meine Wohnung fuhr und er in seine. Dabei wollte ich mich gar nicht von ihm lösen. Mit klopfendem Herzen fühlte ich mich an mein erstes Date zurückerinnert, das ich überhaupt jemals gehabt hatte. Damals hatten mein Freund und ich auch wie Pech und Schwefel zusammengeklebt. Und ich erinnerte mich noch genau an das Gefühl jener Zeit. Ich war so verliebt gewesen.

Als das Taxi durch die Straßen fuhr und ich die Lichter der Stadt an mir vorbeiziehen sah, ging mir selbst auch ein ziemliches Licht auf: Ich hatte mich Hals über Kopf in Tyler verknallt.

Er hatte die wilden Schmetterlinge meiner Jugend in mein Herz zurückgebracht. Mir war gleichzeitig zum Heulen und zum Lachen zumute. Mit dem Finger zog ich den Umriss eines Herzens auf der Autoscheibe nach.

12

„Also, schön. Dann zeig mal, was du im Fitnessstudio gelernt hast“, zog ich Tyler auf, als wir beide in das kleine Ruderboot geklettert waren. „Du mochtest doch die Rudermaschine so gerne, oder?“

Er nickte belustigt. „Aber, hallo.“

„Sieh nur zu, dass mir vom Fahrtwind nicht die Mütze wegfliegt.“

Ich zupfte meine Strickmütze am Kopf zu recht und grinste ihn an. Tyler hatte sich für unser heutiges Date den Regent's Park ausgesucht. Ich war ewig nicht mehr hier gewesen, obwohl es eigentlich sehr nett war. Natürlich war der Februar nicht gerade ein malerischer Monat voller blühender Blumen. Bisher waren nicht einmal die Blätter an den Bäumen zurück.

Es war Dienstagvormittag, keine Ferienzeit und im Grunde nicht einmal Touristenzeit, wobei Letztere sich irgendwie immer nach London verirrten. Trotzdem hatten wir den See für uns alleine und es waren nur vereinzelt ein paar Jogger oder Mütter mit Kinderwagen zu sehen. Es war verdammt kalt und Dunst stieg vom Wasser auf.

Ich steckte mir die Hände in die Taschen und sah Tyler dabei zu, wie er die Ruder fest umschloss und uns vom Steg wegbrachte.

„Okay, bist du bereit für den Turbo?“, fragte er mich verschmitzt.

„Leg los, aber wehe, du hast zu viel versprochen.“

Tyler grinste und legte sich ins Zeug. Der Mann ruderte plötzlich los, als wäre er aus einer der legendären Rudermannschaften von Oxford oder Cambridge ausgebrochen. Lange konnte er das nicht machen, was allerdings an dem relativ kleinen See lag und weniger an seiner Kondition. Und natürlich war dies auch kein richtiges Sportruderboot.

Ich hatte trotzdem meinen Spaß. Tyler ruderte uns um die Kurve und setzte zu einer zweiten Bahn an. Dabei trat ihm ordentlich der Schweiß auf die Stirn und ich sah ihn in der Kälte dieses Wintermorgens dampfen.

Als er den See einmal umrundet hatte, erlöste ich ihn lachend von seiner Sklavenruderei. „Du kannst jetzt langsamer machen.“

Er grinste, hakte ein Ruder ein und wischte sich die Stirn ab. „Miss Turner, Sie bringen mich ganz schön ins Schwitzen.“

„Legst du dich bei deinen Dates immer so ins Zeug?“

Er lächelte und betrachtete mich, während er langsam wieder zu rudern begann. „Ich habe sonst keine Dates.“

„Nie?“

Er zuckte die Schultern. „Nee.“ Tyler zögerte kurz. „Du hast mich doch gefragt, ob ich schon mal eine Beziehung hatte ...“

Ich schluckte nervös. „Und?"
„Bisher nicht."
„Nicht mal auf der Schule?"
„Nicht mal dann."
Wow.
Hm.
War das gut oder schlecht für mich?
Grübelnd sah ich ihn an. „Willst du denn keine?"
Ein Lächeln zuckte um seinen Mundwinkel. „Gibt es einen besonderen Grund für diese Frage, Miss Turner?"
Ich grinste ihn herausfordernd an und zuckte gespielt unbekümmert die Schultern. „Vielleicht."
Dann schaute ich auf das Ufer, als ob mich die Tauben dort brennend interessieren würden.
„Ich lege mich nur für dich so ins Zeug, Ruby." Seine Worten erzeugten Gänsehaut bei mir.
„Bist du etwa deshalb wie ein Weltmeister gerudert?"
Tyler zwinkerte. „Ich wollte nur angeben. Simples Imponiergehabe."
„So wie ein Pfau, der den Federkranz aufstellt?"
Er nickte fröhlich. „Eins zu eins. Genauso. Und? Hat es geklappt?"
Der blöde Kerl. Ich konnte nicht aufhören zu grinsen. Keck nahm ich den Handschuh meiner rechten Hand zwischen die Zähne und zog ihn mir von den Fingern. Dann tauchte ich die Hand ins Wasser und spritzte ein paar eiskalte Tropfen in seine Richtung. Meine Hand bekam dabei definitiv mehr Wasser ab als sein Gesicht. Brrr. War das kalt.
„Hey", beschwerte er sich lachend.
Ich wischte mir die Hand am Hosenbein trocken und steckte sie zurück in den Handschuh. „Verdammt, ich

will keine Ente sein."

„Ist mir auch lieber", stimmte er zu.

Wir verbrachten insgesamt eine ganze Stunde auf dem See und als ich aus dem Ruderboot stieg, war ich so durchgefroren wie das letzte Pfannengemüse in meiner Tiefkühltruhe.

„Wo jetzt hin?", fragte ich bibbernd.

„Aufwärmen." Er schnappte sich meine Hand und lief mit mir zu einem kleinen Café. Wir bestellten uns heiße Getränke und einen Happen zum Essen.

„Heute kein Pastrami-Sandwich?", neckte ich ihn.

„Gute Idee, das bringe ich dir morgen mal mit."

Ich nippte an meinem heißen Kaffee. Das warme Getränk tat gerade verdammt gut. Unschuldig fragte ich: „Machen wir denn morgen was zusammen?"

Tyler sah einfach zu verführerisch aus. Sein Gesicht strahlte von der Kälte. „Ich habe zufällig Urlaub und dich fest als mein Unterhaltungsprogramm eingeplant."

Ich gluckste. „Wie aufmerksam."

Langsam taute ich in diesem Café wieder auf, doch ich konnte mich noch immer nicht dazu entschließen, meine Jacke auszuziehen. Hach, jetzt der rote Mantel. Das wäre was gewesen.

Ich blickte zu Tyler, der mich aus seinen blauen Augen beobachtete. Ja, oder eine ganz andere Sorte von Aufwärmprogramm. Er trank gerade von einer heißen Schokolade und leckte sich einen Tropfen von der Lippe. Ich hätte sterben können, um ihn genau jetzt zu küssen. Mit Mühe und Not verhinderte ich ein Seufzen und riss mich zusammen. Sicher war mein Blick schon völlig schmachtend.

Dabei hielt sich Tyler höflich zurück. Wir hatten uns

am Parkeingang getroffen und er hatte mich mit denselben flüchtigen Wangenküsschen empfangen, mit denen er sich gestern von mir verabschiedet hatte. Keine lodernden Blicke. Keine Tuchfühlung. Keine Hände auf meinem Körper, die mich durchkneteten.

Und er blieb den ganzen Tag so artig, obwohl wir sehr viel Spaß hatten und ich ihn immer wieder stupste, kitzelte oder durch Blicke ermutigte.

Auch bei unseren anderen Dates stellte er mir nicht nach. Tyler hatte sich für seine Urlaubs-Dates mit mir sämtliche Touristenattraktionen Londons herausgesucht. Wir fütterten Eichhörnchen im St. James Park vor dem Buckingham-Schloss. Er kaufte mir eine hässliche Tasse mit einem Bild der royalen Familie als Souvenir für unseren Tag. Er schleppte mich – um Himmels Willen! – in den Westminster Abbey Shop, in dem ich noch nie zuvor gewesen war, obwohl ich in London lebte, seit ich klein war. Ich suchte mir eine CD mit weihnachtlicher Chormusik vom Westminster Abbey Choir aus und Tyler wölbte amüsiert eine Augenbraue, weil bis zum nächsten Weihnachtsfest noch zehn Monate ins Land ziehen würden.

Wir spazierten zu Big Ben, unternahmen eine Stadtrundfahrt mit einem der roten Busse und knipsten den fröhlich winkenden, uniformierten Empfangsburschen vor dem Sherlock Holmes Museum. Natürlich brachte er mir auch ganz wie versprochen eines seiner Pastrami-Sandwiches mit. Die waren echt ziemlich lecker. Aber täglich? Tyler hatte wirklich einen liebenswerten Knall.

Bei unserem Londonprogramm, das von Tyler den Namen „Einheimische, die versuchen, sich wie

Touristen zu benehmen“ erhalten hatte, versuchten wir es dreimal vor Madame Tussauds, doch jedes Mal war die Schlange zu lang.

„Das ist zu voll“, sagte er dann und schüttelte den Kopf.

Aber am dritten Tag hatten wir Glück und es war fast leer. Tyler fotografierte mich, wie ich mich bei der Wachsfigur von Prinz Harry einhakte und wie ich Spiderman am Kinn kraulte. Bei Sean Connerys James-Bond-Darstellung tat ich so, als rührte ich mit dem Finger in seinem Glas, was er ja nicht mochte, weil Bond seine Martini nun einmal lieber geschüttelt, statt gerührt, trank. Danach schleckte ich gespielt meinen Finger ab, um den Martini zu probieren, und zeigte den erhobenen Daumen in die Kamera. Tyler knipste regelrecht eine Serie von mir. Vermutlich konnte er nun einen schnellen Film daraus basteln wie bei diesen Daumenkinos.

Die Zeit mit ihm war geradezu perfekt. Allerdings trieben mich seine flüchtigen Begrüßungen und Verabschiedungen so langsam in den Wahnsinn. Wenigstens hielt er immer meine Hand, wenn wir von einem Ort zum anderen schlenderten oder auf ein Taxi warteten.

Doch das war nur ein Bruchteil dessen, was wir bereits miteinander geteilt hatten. Immer öfter spukten die Bilder unserer gemeinsamen Nacht durch meinen Kopf, je länger ich ihm nahe war und er sich so fernhielt. Ich wusste, dass der Mann gerne Sex hatte und ganz sicher auch an welchen dachte. Doch er ließ es mich nicht spüren, so als würde ich ganz alleine bei der Fantasie verrückt werden.

Bei einem weiteren Kinoabend stand ich schließlich völlig neben der Spur. Er sah verteufelt attraktiv aus mit dem schwarzen Shirt und seinen künstlich abgewetzten Jeans, die vermutlich zweihundert Pfund gekostet hatten und ihm einen Knackarsch zauberten, der nicht von dieser Welt war.

Wenigstens legte er im Gedränge der Leute seine Hände locker um meine Taille. Dennoch wirkte er vollkommen entspannt und nicht so, als würde er mich am liebsten im nächstbesten Hotel flachlegen. Das war zumindest der Gedanke, der mich gerade beschäftigte. Wofür brauchte ich überhaupt noch ins Kino zu gehen, wenn ich mit diesem Mann am laufenden Meter mein eigenes Kopfkino hatte?

„Willst du Popcorn, Nachos, M&Ms oder Eiscreme? Was darf ich dir holen?“

„Ähm ...“

Seine Nähe irritierte mich.

Was hatte er gefragt?

„Ruby?“

„Ähm, ja.“

Er neigte seinen Kopf und lächelte. „Ja?“

Ich nickte hastig. Verflucht, ich hatte wirklich nicht darauf geachtet, was er wollte.

Sein Lächeln wuchs sich zu einem breiten Grinsen aus. „Okay, warte hier kurz.“

Dann verschwand er. Hoffentlich wollte er einfach nur kurz vor dem Film zur Toilette gehen. In dem Gedränge verlor ich ihn furchtbar schnell aus den Augen und so vertrieb ich mir die Wartezeit damit, die Poster von verschiedenen Filmen anzuschauen. Dabei waren auch die Motive von älteren Streifen angebracht worden.

Indiana Jones würde ich gerne mal wieder sehen. Ein Mann mit Peitsche und verschmitztem Lächeln. Ich stellte mir Tylers Gesicht unter dem braunen Hut vor, so als wäre er Indy Jones. Der Gedanke amüsierte mich. Mit der Peitsche würde er mich vermutlich entweder spanken oder ans Bett fesseln. Vermutlich beides. Ein bittersüßes Gefühl breitete sich in meinem Bauch aus, obwohl ich auf diesen SM-Kram nicht einmal stand.

Ich bekam zwei leichte Stupser in die Seite und drehte mich um. Tyler stand voll beladen vor mir. Er trug eine Schale Nachos in der einen Hand und einen großen Becher Popcorn, auf dem eine Tüte M&Ms lag, in der anderen. Zwischen seine Zähne hatte er sich den Folienrand einer Eistüte geklemmt.

Unwillkürlich musste ich grinsen, als er dann auch noch mit den Augenbrauen wackelte. Ich zog ihm das Magnum zwischen den Lippen hervor.

„Du hast ja echt was vor“, erklärte er fröhlich.

Ups.

Dann hatte er mich wohl nach meinem Appetit gefragt. Aber es fiel mir wirklich immer schwerer, mich in seiner Nähe zu konzentrieren. Er hatte es binnen kürzester Zeit geschafft, dass ich ständig an ihn dachte und dauernd bei ihm sein wollte. Wenn ich dann nachts allein in meinem Bett lag, konnte ich bloß an ihn denken, und er war auch der erste Mensch, der mir einfiel, wenn ich morgens aufwachte.

Ich hatte ein Bataillon von Schmetterlingen, Luftballons und Brausepulver in meinem Bauch. Ich brauchte mir Tyler nur vorzustellen und schon ging die Kribbeltour von vorne los. Okay, ja. Ich war verknallt. Und zwar komplett.

Und morgen war Valentinstag und ich würde ihn mit Tyler verbringen. Ich hatte keine Ahnung, was er geplant hatte, und der freche Kerl verriet mir auch nichts, aber ich war nervös bis zum Umfallen.

Wir schauten uns den Film an und ich gab mein Bestes, um die gekauften Sachen zu futtern, doch ich scheiterte kläglich.

„Hier, die Nüsse bekommst du als Proviant für den Heimweg“, erklärte er und drückte mir die ungeöffnete Packung M&Ms in die Hand.

Ich steckte sie mir in die Tasche und fragte mich, wann ich das letzte Mal Nüsse darin gebunkert hatte. Vermutlich noch nie. Ich war ja auch kein Eichhörnchen.

Nach dem Kino bummelten wir durch die nächtliche Innenstadt und irgendwann kamen wir in meiner gewohnten Straße vorbei.

„Wartest du mal kurz?“, fragte ich und huschte auf die andere Straßenseite zu meinem Schaufenster.

Mein wundervoller roter Mantel wartete dort noch immer auf mich, aber ich hatte seit mehreren Tagen nichts mehr verdient. Nächste Woche würde ich mich nach einem neuen Job umsehen, sobald Tyler keinen Urlaub mehr hatte. Meine Miete war ja immerhin gesichert, also blieb mir etwas Luft.

„Schöner Mantel“, sagte er plötzlich hinter mir.

Ich fuhr zu ihm herum, weil ich nicht bemerkt hatte, dass er mir nachgegangen war.

„Tyler!“ Ich legte meine Hand auf die Brust. „Hast du mich erschreckt.“

„Wieso denn? Gibt es hier etwas, das ich nicht sehen soll?“

Ich spielte es herunter und lächelte schnell. „Nein, gar

nichts. Mir gefiel nur die Farbe."

„Rot", sagte er. „So wie dein Haar."

„Kann sein." Ich strich mir eine Haarsträhne hinter mein Ohr.

Tyler lächelte und betrachtete mich einige Sekunden.

„Das ist genau deine Farbe, Ruby", raunte er.

Ich bekam einen Kloß im Hals und mir fehlten sämtliche Worte.

„Der würde dir stehen." Tyler blickte von mir zum Mantel und wieder zurück.

Hastig nahm ich mich zusammen. „Nein, das … Der ist völlig überteuert und ich habe ja eine Jacke."

Er runzelte die Stirn und betrachtete ziemlich gründlich, was ich da so am Körper trug. Es war der erste Ausbruch eines hungrigen Blickes, den ich in den letzten Tagen bei ihm zu Gesicht bekommen hatte.

Hatte er sich jetzt wirklich gerade meine Klamotten weggedacht?

Mein Herz legte einen Zahn zu.

„Hast du eigentlich noch etwas im *Sinful Pleasures*?", fragte er mich ganz unvermittelt.

Ich schüttelte den Kopf. „Nur einen Morgenmantel, aber den will ich auf keinen Fall wiederhaben. Der würde mich sonst nur an die Arbeit dort erinnern."

„Gut." Er nickte und wir schlenderten weiter. „Ich würde es ungern haben, wenn du noch einmal dort hin müsstest."

„Nein. Alles okay. Ich gehe nicht mehr zurück."

Er lächelte und nahm meine Hand.

ꟿ 13 ꟿ

Ich stand gerade in hübscher Unterwäsche vor meinem Kleiderschrank und überlegte, was ich für den heutigen Tag anziehen sollte, als es an meiner Tür bimmelte.

Verfluchter Mist! Ich war kein bisschen fertig.

Oder war das etwa Tyler mit einem Überraschungsbesuch? Zuzutrauen wäre es ihm und meine Adresse kannte er durch die Taxibuchungen auch. Mir fiel sonst niemand ein, der heute bei mir hätte vorbeischauen wollen. Vorfreude kam in mir auf und ich schnappte mir eilig einen alten Oversize-Pullover vom Bügel, der mir bis knapp über den Hintern reichte, und schlüpfte hinein.

Mit einem strahlenden Lächeln riss ich meine Tür auf, nur um dann überrascht auf die beiden Männer vor meiner Türschwelle zu starren.

Der eine war Ronald, der ziemlich schnaufte und den ich noch nie die Treppen so weit nach oben hatte laufen sehen. Der andere war ein Blumenjunge mit einer Lieferung. Beide staunten Bauklötze, als sie meine nackten Beine sahen, und ich zog verlegen am Saum des alten Strickpullis herum, um ihm wenigstens zwei weitere Zentimeter aus den Maschen zu leiern.

Hoffentlich war mein Tanga nicht zu sehen!

Der Blumentyp, ein junger Kerl mit indischem Aussehen, räusperte sich verlegen. „Ich … äh ...“

Ronald unterbrach ihn sofort mit einem nachdrücklichen Kopfnicken, während er immer noch um Luft rang. „Ich habe diesen Pakistani unten abgefangen und ihm gleich gesagt, dass du nie Blumen bekommst, Merida. Der ist hier doch falsch, oder?“

Unschlüssig starrte ich auf den Lieferanten.

Verwirrt zuckte er die Schultern. „Miss Merida? Auf der Lieferung steht diese Adresse und dass ich es persönlich an eine Miss Ruby Turner ausstellen soll.“

„Das kann nur ein Irrtum sein“, beharrte Ronald. Dann musterte er mich neugierig. „Trägt man das jetzt so?“

Schöner Mist. Ich zog noch ein bisschen mehr an meinem Pullover.

„Ich bin Ruby Turner“, stellte ich klar und schüttelte den Kopf in Ronalds Richtung.

„Merida ...“, begann er wieder.

„Sind Sie jetzt Merida oder Ruby Turner?“, erkundigte sich der Blumenmensch kleinlaut. „Ich darf es nur persönlich an Ruby Turner ausstellen.“

Ich verdrehte die Augen. „Ich bin Ruby Turner und er hier ...“ Ich zeigte zu meinem eilfertigen Nachbarn. „... nennt mich immer nur Merida wegen meiner Haare.“

„Wie die Prinzessin aus den schottischen Highlands“, erklärte Ronald dem armen Kerl. „Kennen Sie sie?“

Der Mann zuckte die Schultern. „Nein, tut mir leid. Ich war noch nie in Schottland.“

Ronalds Augen weiteten sich entsetzt, weil er einen Verschmäher von Märchenfilmen vor sich hatte. „Aber das ist doch der Film!“

„Nichts für ungut“, mischte ich mich ein und quittierte die Lieferung. Dann bekam ich den Rosenstrauß – es waren wohlgemerkt rote Rosen – und schnupperte glücklich daran. Dafür war es mir auch ganz gleich, dass mein Pulli wieder hochrutschte, als ich die Arme danach ausstreckte. Im Klub war ich ja auch nie schüchtern gewesen. Trotzdem war es in Ronalds Gegenwart irgendwie etwas anderes.

„Will der Taxifahrer dich jetzt heiraten, Merida?“, wollte Ronald wissen.

„Nein.“

„Ja, aber ...“

„Dankeschön.“ Ich schloss lächelnd die Tür vor den beiden. Am Strauß fand ich ein Kärtchen von Tyler. Er war so kitschig und süß gewesen, den ganz klassischen Spruch aufzuschreiben: *Be my Valentine, Ruby.*

Au, ja! Darauf hatte ich wirklich Lust.

Ich versorgte die Blumen in einer Vase und führte einen kleinen Freudentanz auf. Gerade als ich mich weiter anziehen wollte, klingelte es erneut an der Tür. Hoffentlich war das nicht Ronald, der die Treppen nicht alleine nach unten kam.

Zum zweiten Mal an diesem Tag öffnete ich in meinem etwas unpassenden Strickpulli die Tür. Zum Glück sah mein Gegenüber genauso bescheuert aus. Vor mir stand ein völlig in Plüsch gekleideter Kerl. Er sah aus wie ein Pinguin. Daneben kam Ronald wieder keuchend die Treppe hoch.

„Merida ...“, japste er. „Da ist schon wieder so ein …

äh … so ein Plüschmann, der zu dir will." Ronald lehnte sich ganz verausgabt ans Geländer. „Bekommst du heute noch öfter Besuch? Das kann doch nur ein Irrtum sein."

„Keine Ahnung, Ron." Vergnügt zuckte ich die Schultern. Was hatte sich Tyler denn jetzt schon wieder einfallen lassen?

„Verzeihung, aber Sie sind hier falsch", erklärte Ron entschieden. „Es war längst jemand für die Dame da."

„Sind Sie Miss Ruby Turner?", klang es unter dem Kostüm hervor.

„Ja."

„Ich bin ein singender Valentinstagsgruß", stellte er sich vor.

„Oh je, wird das laut?", erkundigte sich Ronald besorgt.

„Nicht besonders", beruhigte ihn der Plüschbote. „Das Kostüm dämpft es ziemlich. Wenn also ein paar schiefe Töne dabei sind, dann liegt das nur daran."

Ich gluckste und nickte ihm zu, damit er begann.

Er stimmte einen alten Stevie-Wonder-Song an, bei dem ich weiche Knie bekam, was vor allem am Text und weniger an der Musikalität des Burschens lag.

„I just called to say I love you ..."

Er sang brav sämtliche Strophen: Von den Schokoherzen zum Verschenken bis zum Grund seines Herzens wollte er nur sagen, dass er mich liebte. Wow. Falls das wirklich das war, was Tyler mir sagen wollte. Die Variante durch einen Plüschkopf gesungen hatte ich allerdings auch noch nie gehört.

Ich hatte Tränchen in den Augen und grinste über beide Ohren.

„Stevie Wonder singt das schöner", mäkelte Ronald.

„Ich fand es super“, hielt ich dagegen und faltete beglückt die Hände vor meiner Brust.

„Das ist gut“, meinte der Plüschbote und zog sich die Pinguinnase vom Kopf.

„Ahhh!“, kreischte ich. „Tyler!“

„Teufel, ist das warm unter dem Ding!“ Er wischte sich den Schweiß von der Stirn und grinste mich an.

„Ich hab dich gar nicht erkannt.“ Völlig baff starrte ich ihn an.

Er zog ein ironisches Gesicht. „Da bin ich froh, denn wenn du finden würdest, dass das Ding Ähnlichkeit mit mir hat, müssten wir uns mal ernsthaft unterhalten.“

„Du kennst den Pinguin, Merida?“, wollte Ronald wissen. Er wirkte sehr skeptisch.

„Tyler Barnes, sehr erfreut“, stellte er sich vor und reichte meinem Nachbarn die Flosse.

„Wieso sind Sie ein Pinguin?“ Misstrauisch tätschelte Ronald Tylers Kostüm dort, wo er seine Hand vermutete.

„Weil die guten Kostüme alle schon weg waren.“

Kichernd winkte ich den Pinguin in meine Wohnung.

„Ruby, Süße, gehst du immer so an die Tür?“ Tyler betrachtete mich von oben bis unten. Besonders unten.

Ups. War der blöde Pullover schon wieder hoch gewandert?

„Ich dachte nun mal, dass du an der Tür bist“, erklärte ich.

„Ich glaube, sie trägt das jetzt so“, schaltete sich Ronald ein.

„Vielen Dank, Ronald. Wir kommen ab hier alleine klar.“

Ich zog Tyler in meine Wohnung und schloss die Tür.

Sogar als Pinguin war er heiß.

„Sag mal, dieser Song ...“, begann ich und sah ihm in die Augen.

Tyler schälte seinen Oberkörper aus dem Kostüm, so dass die Flossen nun an seinen Beinen herunterhingen. Darunter trug er ein T-Shirt. Es war leicht verschwitzt und ich hätte es ihm am liebsten ausgezogen.

„Was ist mit dem Song, Ruby?“ Er grinste mich an.

„Meintest du das so?“

„Darauf kommen wir später zurück.“

Mir stand der Mund offen. Er ließ mich doch jetzt nicht wirklich so hängen, oder?

Gerade als ich ihm meine Meinung geigen wollte, klingelte es erneut an der Tür. „Das kann eigentlich nur Ronald sein“, erklärte ich bedauernd.

„Der Nachbar, der immer Mitfahrgelegenheiten zum Arzt sucht?“

Ich nickte. „Ja.“

Doch als ich die Tür öffnete, stand nicht bloß Ronald dort, sondern ein weiterer Kurier.

„Eine Lieferung für Ruby Turner.“

„Merida, ich bin schon ganz kaputt“, beschwerte Ron sich keuchend hinter dem Mann.

„Wieso kommst du denn auch immer mit hoch?“

Hilflos zuckte er die Schultern. „Aber ich wusste doch nicht, dass noch mehr kommen, sonst wäre ich gleich beim ersten Mal oben geblieben. Hast du nicht vielleicht einen Kaffee für mich?“

Seufzend winkte ich ihn in die Wohnung und nahm das Paket an.

„Ihr beide kennt euch ja schon“, sagte ich zu Tyler und Ron, als ich die Tür schloss. „Willst du starken oder

milden Kaffee, Ron?"
„Merida, ich bin siebzig."
„Ja, und?" Was wollte er mir damit sagen? Ich stellte das Päckchen weg und lief zur Küchenzeile.
„Ich brauche einen ganz starken Kaffee. Der muss doch schon fast Tote wecken können."
Ich lachte. „So alt bist du nun auch wieder nicht."
Nachdem ich uns allen einen Kaffee gemacht hatte, setzte ich mich auf die Couch zu Tyler. Ron blockierte den großen Chefsessel, als wäre er der König meiner Wohnung. Es schien ihm zu gefallen und er schlürfte genießerisch aus seiner Tasse.
„Warum bist du denn jetzt immer mit hoch gelaufen, Ron?", bohrte ich nach.
„Na, bei mir ist doch nichts los."
Ach so.
Tyler schmunzelte und trank von seinem Kaffee. Ihm schien das kleine Intermezzo mit Ron zum Glück nichts auszumachen. Aber ich hätte es nicht über das Herz gebracht, den alten Mann ohne eine Stärkung die Treppe nach unten zu scheuchen.
„Ich habe noch nie mit einem Pinguin Kaffee getrunken", erklärte er gerade.
„Ich auch nicht", stimmte Tyler zu.
Kopfschüttelnd lehnte ich mich zurück und seufzte genüsslich. Nichts ging über Kaffee.
Na ja.
Fast nichts.
„Willst du dein Päckchen gar nicht aufmachen?", erkundigte sich Tyler.
„Stimmt, das habe ich vor lauter Aufregung total vergessen."

Ich sprang hoch und rupfte die Verpackung auseinander. Was ich dann sah, konnte ich kaum fassen. Da lag mein Mantel. Mein roter Mantel.

Ungläubig starrte ich zu Tyler. „Du hast doch nicht …?“

Er zuckte die Schultern. „Auch wenn ich gerade nicht danach aussehe, aber ich will nachher schön mit dir Essen gehen. Das Lokal von neulich, in das du dich nicht getraut hast.“

„Was sagt denn dein Taxifahrer dazu, Merida?“ Ronalds graue Augenbrauen schoben sich dicht zusammen.

„Er war nur mein Taxifahrer“, beruhigte ich ihn.

„Ihr seid gar nicht verlobt?“ Mein Nachbar blieb misstrauisch.

„Wieso denn verlobt?“

Das wurde ja immer wilder.

„Na, weil in diesen Ländern doch gleich geheiratet wird. Das weiß schließlich jeder.“

„Wenn hier einer Ruby heiratet, dann mache ich das“, schaltete sich Tyler belustigt ein. „Also lehne bitte sämtliche anderen Anträge ab, die du vielleicht noch bekommen könntest.“

Ich fiel fast in Ohnmacht. Sicher machte er bloß einen Scherz. Aber der Valentinstag war nicht unbedingt gut geeignet für Späße dieser Art.

„Dann sollten Sie sich aber was anderes anziehen“, fand Ron. „Merida würde niemals einen Pinguin heiraten.“

Ich fragte mich, ob die beiden wohl noch Kamelpreise aushandeln würden, wenn ich sie nur machen ließe. Lustigerweise kam es mir vor, als würde Ronald Tyler mögen. Und andersrum war es wohl genauso. Sehr merkwürdig.

Andererseits schien alles möglich zu sein. Tyler war ein Pinguin. Ein singender Pinguin. Und hier lag nun mein roter Mantel.

„Aber so ein teures Geschenk kann ich doch nicht annehmen."

„Das ist kein Geschenk", stellte Tyler klar. „Das ist eher ein Kredit."

Langsam verstand ich gar nichts mehr. „Wofür?"

„Den Mantel musst du dir selber kaufen, denn Träume muss man sich immer selbst erfüllen. Das ist wichtig. Aber bis du ihn dir leisten kannst, wollte ich ihn schon mal holen, damit er später nicht weg ist. Du zahlst ihn mir natürlich zurück."

„Ja, aber ..."

„Ich habe doch gesehen, wie du ihn angeschaut hast. Das ist einfach dein Mantel."

Gerührt schluckte ich und fiel ihm dann um den Hals.

Später verstauten wir Ronald in seiner Wohnung. Tyler zog sich mit den Wechselsachen aus seinem Wagen um, den er vor dem Haus geparkt hatte, und ich … ja, ich durfte endlich meinen Traummantel anziehen.

Es war ein himmlisches Gefühl, für das ich Tyler gleich noch viel mehr liebte. Ja, ich war wirklich verrückt nach ihm. In so kurzer Zeit. Liebe brauchte eben keine Armbanduhr.

Er bummelte mit mir durch die Stadt, saß mit mir in einem Café an der Themse und führte mich schließlich in das Restaurant aus, das ich beim ersten Mal noch gemieden hatte. Doch dieses Mal fühlte ich mich passend an seiner Seite.

Das Ambiente mit all den anderen Pärchen, die sich für diesen besonderen Tag hier eingebucht hatten, war romantisch und ließ mich auf Wolken schweben. Ich fühlte mich, als könnte ich an Tylers Seite jeder sein, der ich sein wollte.

Wir genossen ein vorzügliches Essen und Tylers Augen waren ständig bei mir. Er lauschte meinen Worten, lachte mit mir und hielt meine Hand. Doch dann wollte er plötzlich die Rechnung haben.

Verwundert schaute ich auf meine Uhr. Es war nicht mal halb acht.

„Wir müssen los", meinte er.

„Ich will noch Dessert."

Er grinste. „Später."

Tyler zahlte und entführte mich zurück an das Ufer der Themse. Vor uns ragte das gewaltige Riesenrad auf, das *London Eye.*

„Die schließen schon halb neun", erklärte er und zog zwei Tickets aus seiner Manteltasche. „Deshalb war auch das frühere Dinner notwendig."

Langsam verstand ich. Er hatte ja das ganze kitschige Programm auffahren wollen und mit ihm den Boden unter den Füßen zu verlieren und dem Himmel in einer der Gondeln entgegenzuschweben, gehörte definitiv dazu.

Wir stellten uns an und Tyler zeigte seine Reservierungskarten. Dann schlüpften wir zu den anderen Gästen in eine der Gondeln. Es war ziemlich viel los. Vermutlich war es das reinste Glück, dass wir für den heutigen Tag überhaupt noch Tickets bekommen hatten.

„Eigentlich wollte ich eine Privatkapsel buchen",

verriet Tyler mir, während er mich an den gläsernen Rand der Gondel zog. „Aber das Ding war schon so stark gebucht worden."

„Das macht mir nichts aus", flüsterte ich. „Mit dir fühle ich mich überall wohl. Und das hier ist traumhaft."

„Bist du schon mal damit gefahren?"

Ich schüttelte den Kopf. „Nein, das kostet einfach zu viel."

„Ach, Ruby."

Er legte seine Arme um meine Taille und sah mir in die Augen. Es mochte verrückt klingen, aber das war der Moment, in dem ich wusste, dass ich mit ihm alt werden wollte. Derselbe Moment, in dem die Kapsel des Riesenrads sich in Bewegung setzte und mein Bauch zu schwirren begann.

„Möchten Sie Champagner?", fragte eine Servicekraft und hielt uns ein Tablett mit Gläsern hin.

Wow. Auch das noch. Hier wurden ja alle Geschütze aufgefahren.

Tyler lächelte und nahm uns ein Glas vom Tablett.

„Nur eines", versicherte er und legte seinen Arm um mich.

„So wie im Kino, ja?"

„Genau. Wir teilen alles." Er toastete mir zu und hielt mir das Glas an die Lippen. „Auf uns, Ruby."

Darauf wollte ich nur allzu gerne anstoßen. Schwindlig von der Gondel und meinen Gefühlen trank ich einen großen Schluck. Von dem Prickelwasser würde mir vermutlich noch duseliger werden, doch das war ganz gleich.

Auch Tyler trank von dem Champagner. Wir teilten uns das Glas und genossen die Aussicht. Als es leer war, stellte er es zurück auf das Tablett der Bedienung.

Ich legte meine Arme um ihn und sah ihn an. Die funkelnde Stadt um uns herum war nicht halb so faszinierend, wie der Mann vor mir.

„Du hast in den letzten Tagen so ruhig gewirkt, als ob du gar nicht nervös oder … noch was anderes wärst“, sagte ich verlegen und spürte die Wärme in meinen Wangen, denn ich musste immer öfter an unsere gemeinsame Nacht zurückdenken.

„Nur weil du es wolltest, Ruby. Ich weiß aber auch, was ich will.“ Sein Blick durchdrang mich wie ein Gewittersturm, der sämtliche Haarwurzeln an meinem Körper zum Knistern brachte. „Wenn du mich lässt, zeige ich dir, wie sehr ...“

Seine Beherrschung war so meisterlich gewesen, obwohl er mich genauso sehr begehrte, wie ich ihn.

Ich stellte mich auf die Zehenspitzen und küsste ihn. Ich hatte genug von zaghaften Wangenküssen. Tyler hatte mir bewiesen, dass er mehr als nur Sex von mir wollte, und er hatte mir gezeigt, dass die Chemie zwischen uns auch außerhalb vom Schlafzimmer stimmte.

Ihn nach all den Tagen zu küssen, war wie eine Erlösung. Seine Lippen waren so zart, sein Geschmack so herb und seine Leidenschaft so echt und schön, dass sich mein Bauch vor Verlangen zusammenzog. Heute Nacht würde ich in keinem anderen Bett liegen als er.

Heute nicht und wenn es ging, auch sonst nie mehr.

Er lächelte zufrieden an meinem Mund und legte seine Stirn an meine. Dabei schwebte ich zusammen mit der Gondel wie auf Wolken. „Ich bin froh, dass ich dich jetzt küssen und berühren darf, ohne dafür zu bezahlen.“

Dabei sprach er so leise, dass die restlichen Gäste – allesamt Pärchen – nichts von unserer Unterhaltung mitbekamen. Andererseits bekamen sie vermutlich sowieso nichts mit, weil in dieser Gondel trotz der phänomenalen Aussicht, jeder nur Augen für den Partner hatte. Es war eben Valentinstag. Und das spürte man, wohin man auch ging.

„Was hältst du nur von mir, weil ich Geld genommen habe?“, flüsterte ich unsicher.

„Ich halte dich für eine tolle Frau. Wenn das der Weg war, um dich zu bekommen, dann bin ich ihn eben gegangen.“

Ich schmiegte mich enger an seinen warmen Körper. „Ich habe das sonst niemals getan. Es war immer nur das anonyme Tanzen im Club.“

„Da bin ich froh. Ich habe das hier ...“ Er machte eine vieldeutige Geste zu der romantischen Kulisse. „... auch noch nie mit einer anderen Frau gemacht.“

Tyler knabberte an meinem Kinn entlang und drückte mich gegen die Scheibe der Gondel.

„Dafür kannst du das ziemlich gut“, lobte ich ihn.

„Ja?“ Er grinste. „Na, ich musste dich schließlich beeindrucken und für mich gewinnen, bevor du mein ganzes Geld gehabt hättest.“

Blöder Kerl. Ich war wirklich glücklich mit ihm.

Tyler hielt mein Gesicht mit beiden Händen fest und küsste mich so hungrig und sinnlich, als wäre dies der letzte Kuss auf Erden. Mir wurden die Beine weich. Mein ganzer Körper wurde weich. Ich klammerte mich an ihn und diesen Kuss.

In dieser Nacht liebten wir uns so zärtlich und gleichzeitig leidenschaftlich, dass ich unter ihm zitterte.

Ich war zurück in seiner Wohnung, seinem Bett, seinen Armen. Er bewegte sich auf mir und stieß mit sanften Wellenbewegungen in mich, als wäre ich ein Strand und er mein Ozean.

Als wir beide erlöst waren küsste er mich, als wäre ich sein kostbarster Schatz.

„Du bringst mich völlig um den Verstand“, seufzte er.

„Das mache ich nur für dich.“ Ich zog mir die Bettdecke wie einen Haremsschleier vor mein Gesicht. Unter einem koketten Augenaufschlag fragte ich ihn: „Gibt es dafür was extra?“

Er grinste mich an und zog mir die Decke weg. Ich spürte seinen Körper auf mir. Er bedeckte mein Gesicht und meinen Hals mit Küssen.

„Ja, es gibt Tyler extra obendrauf“, raunte er.

Ich neckte ihn. „Das obendrauf scheinst du wörtlich zu meinen.“

Er zog mich enger an sich und begrub mich unter seinem Gewicht. „Endlich habe ich dich für mich.“

Ich schlang meine Arme und Beine um ihn und würde ihn ganz sicher nie mehr loslassen. „Ja.“

„Ich bin damals weggegangen, weil ich dachte, es wäre das Beste für David und seine Ehe. Ich wollte dich, doch ich habe mir eingeredet, dass mir auch andere Frauen so toll gefallen könnten wie du. Dass es mehr als einen passenden Deckel für jeden Topf gibt. Aber ich habe einfach keine gefunden, die mich so umgehauen hat, wie du.“

Glücklich küsste ich seine sinnlichen Lippen.

Ich war sein Deckel.

Er war mein Topf.

Ich hatte auch nie einen Mann wie ihn gefunden. Doch

bis er mich im *Sinful Pleasures* aufgespürt hatte, war mir gar nicht klar gewesen, dass ich genau Tyler suchte.

Ich dachte nicht gerne an die Zeit im Klub zurück, aber für eine Sache dort war ich wirklich dankbar: Es hatte mir Tyler gebracht.

℘ EPILOG ☙

Mein Name lautet Ruby Barnes und ich arbeite in meinem eigenen kleinen Nagelstudio. Es ist ein toller Job und ich liebe ihn. Ich habe Tylers Unterstützung gebraucht, um auf eigenen Füßen zu stehen, aber es hat geklappt und ich bin ihm dankbar dafür, dass er stets an mich glaubt und mir bei allem geholfen hat, was nötig war, um diesen Schritt zu gehen.

Es ist keine Arbeit, für die ich rote Unterwäsche tragen muss, und ich kann stolz sagen, was ich mache, wenn man mich nach meiner Tätigkeit fragt.

Mom ist überglücklich, dass Tyler und ich geheiratet haben. Allerdings kann sie nicht verstehen, weshalb ich nicht einfach zu Hause bleibe.

Sein Antrag kam genau ein Jahr nachdem wir zusammengefunden haben: am Valentinstag. Und im Jahr darauf wurde es sogar zu unserem Hochzeitstag. Mein Dad führte mich zum Altar und Mom war so glücklich, weil ich sie gebeten hatte, meine Trauzeugin zu werden. Schließlich hatte sie Tyler von Anfang an für den richtigen Schwiegersohn gehalten.

Außerdem wäre es mir seltsam erschienen, meine Schwägerin Mary zu fragen, nachdem sie Tyler damals aus unserem Leben gedrängt hatte. Sie ist zwar wie eine Schwester für mich, aber für die Aufgabe am Altar wäre es mir nicht richtig vorgekommen.

Inzwischen haben Mary und Tyler sich ausgesöhnt. Sie hat sich sowohl bei ihm als auch bei meinem Bruder David entschuldigt. Eine Zeitlang war David deswegen nicht so gut auf sie zu sprechen, aber ich bin froh, dass dieses Geheimnis nicht mehr zwischen ihnen steht.

Mary hat erkannt, dass Tyler kein Mann ist, der die Ehe mit Füßen tritt. Ihr Wohlgefallen hat er im Sturm durch seinen Antrag gewonnen.

Mein Bruder und Tyler haben ihre alte Freundschaft aufleben lassen. Ich könnte mir nichts Schöneres vorstellen, als dass Mary, David, Tyler und ich alle miteinander befreundet sind.

Ronald hingegen ist nicht ganz so glücklich über meinen Fortgang. Er kommt manchmal bei mir im Nagelstudio vorbei und lässt sich die Nägel von mir pflegen. In meine alte Wohnung ist inzwischen längst eine andere Mieterin eingezogen, doch sie erinnert ihn an keine Figur aus einem Märchenfilm. Außerdem ist Merida wohl sein Lieblingsfilm.

Er nennt mich bis heute Merida. Trotzdem komme ich dabei besser weg als Tyler. Seinen Spitzname wird er auch nicht mehr los. *„Wie geht es deinem Pinguin?“*, fragt Ron mich immer.

Ich bin glücklich mit Tyler.

In seiner Gegenwart fühle ich mich wie eine Göttin. Er gibt mir stets das Gefühl, wunderschön zu sein und kauft mir Dinge, die dieselbe Farbe wie meine Haare haben. Zum Beispiel eine rot-goldene Kette mit herzförmigem Rubinanhänger. Ich liebe sie wirklich sehr. Der rote Mantel ist allerdings immer noch mein persönliches Highlight, denn das war der Beginn der Erfüllung meiner Träume.

Dafür erfülle ich Tyler auch gerne seine geheimen Wünsche. Das erste Mal, als ich ihn mit einer Schwesternuniform unter dem Mantel überrascht habe, hat er vor lauter Glück Herzrasen bekommen. Ich weiß noch heute, wie sein Gesicht aussah. Himmlisch.

Den roten Mantel habe ich Tyler inzwischen von meinen Einnahmen aus dem Nagelstudio bezahlt. Und ja, es fühlte sich gut an, dass ich ihn mir selbst kaufen konnte.

Manchmal steckt Tyler mir immer noch Geldscheine zu, wenn ich für ihn tanze. Und ich sammele sie dann in der kitschigen Souvenirtasse, die er mir bei unserem ersten Date gekauft hat – das hässliche Ding mit der Königsfamilie drauf. Was soll ich sagen: Die Royals werden jedenfalls immer reicher. Tyler hat an der Tradition festgehalten, Zwanziger zu spendieren.

Ich lächele und betrachte die Königstasse mit den gerollten Geldscheinen. Wenn ich es mir recht ansehe, tanze ich ziemlich oft für ihn. Die Tasse steht dort, wo er mir früher das Geld auf seine Küchentheke gelegt hat.

Es ist Freitagabend und ich bin in unserem Apartment, als die Wohnungstür hinter mir aufgeht.

„Ruby“, grüßt er mich und ich kann das Lächeln in Tylers Stimme hören.

Aber ich höre auch, dass er Appetit auf eine bestimmte Form von Entspannung hat.

Verführerisch nehme ich meine Unterlippe zwischen die Zähne und drehe mich zu ihm um. Er hängt seine Jacke an die Garderobe und lockert seine Krawatte. Ob ich ihn damit nachher ans Bett binde?

„Komm her zu mir, Ruby“, raunt er. Und als ich auf ihn zukomme sagt er: „Noch näher.“

Er will es immer ganz nah.

Ich liebe ihn.

ꙮ ENDE ꙮ

6252865R00096

Printed in Germany
by Amazon Distribution
GmbH, Leipzig